ビブリオ・ファンタジア

アリスのうさぎ

斉藤 洋・作　森泉岳土・絵

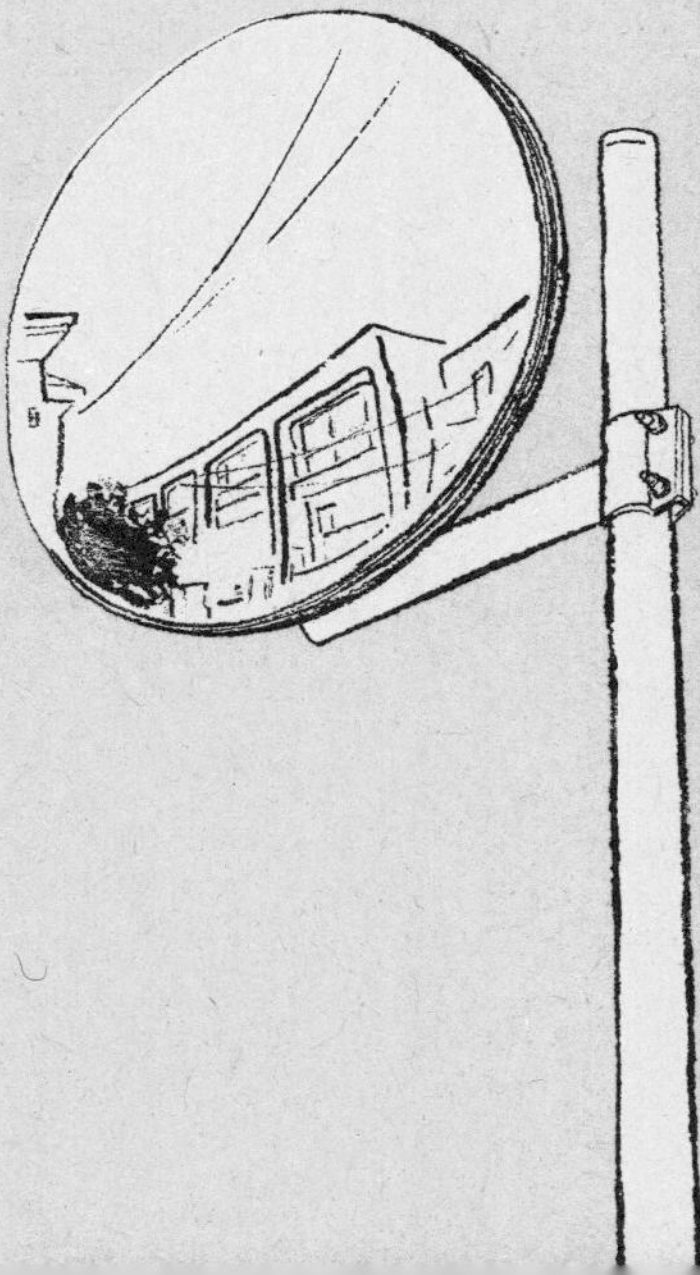

ビブリオ・ファンタジア

アリスのうさぎ

ブックデザイン　吉岡秀典（セプテンバーカウボーイ）

目次

プロローグ

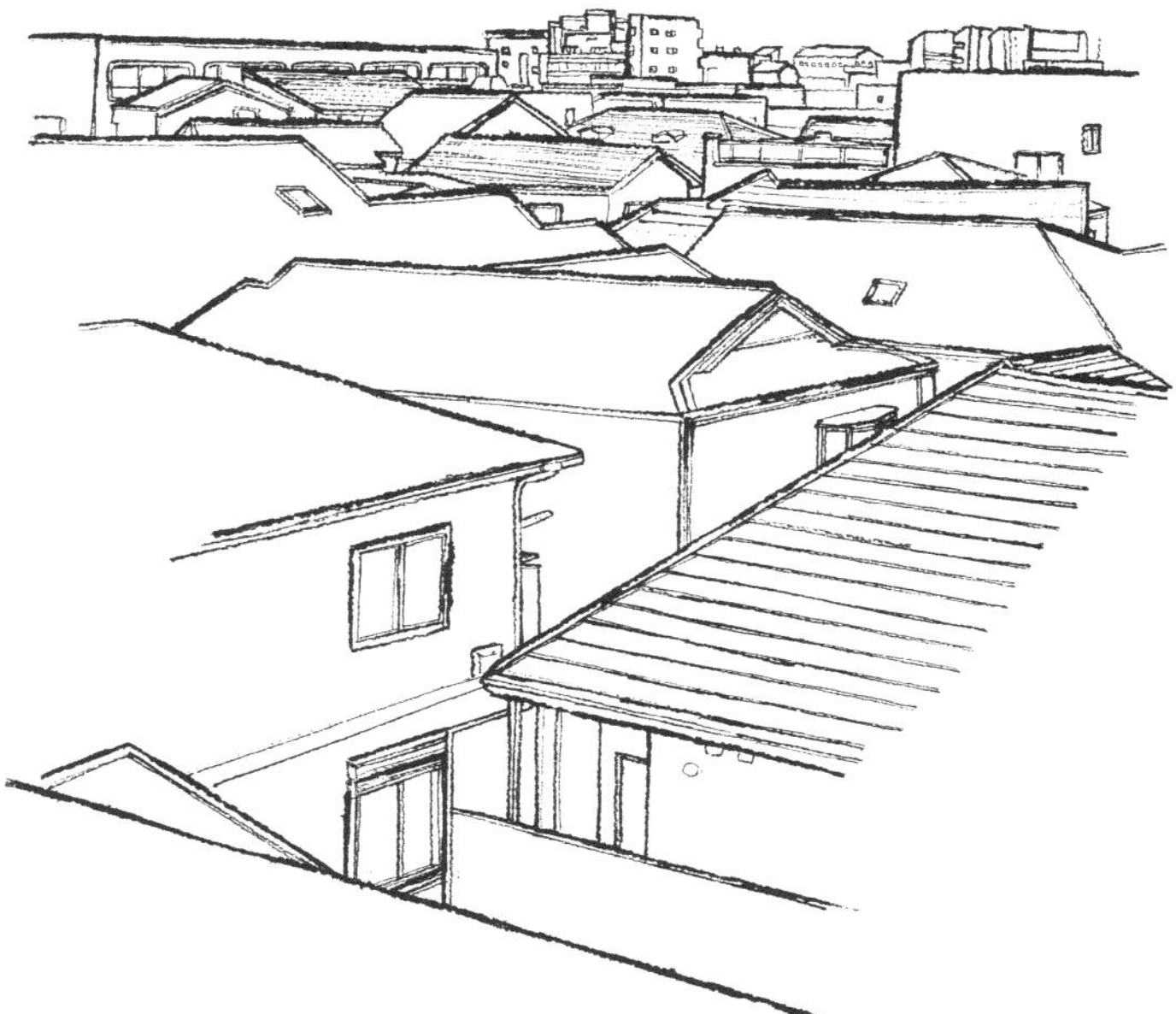

すぐに命にかかわるようなことはなく、人にうつることもなく、それでも、一年間くらいは、きつい仕事はだめ……、という、そういう病気にかかっていることがわかったのは、三月だった。

大学の卒業式の翌日《よくじつ》、なんだか身体《からだ》がだるくて、風邪《かぜ》かと思い、近くの内科《ないか》の先生のところに行って、みてもらうと、

「大きな病院で、精密検査《せいみつけんさ》を受けたほうがいいかもしれない。」

といわれた。

それで、その先生に紹介状《しょうかいじょう》を書いてもらい、さっそくつぎの日に市立病院に出かけて、精密検査を受けた。

その結果、一週間後に、〈すぐに命にかかわるようなことはなく、人にうつることもなく、それでも、一年間くらいは、きつい仕事はだめ〉という病気にかかっている

ことがわかったのだ。

「じゃあ、もし、きつい仕事をしたら、どうなるんですか?」

「まあ、そのときは、命の保証《ほしょう》はできませんね。」

「でも、きつい仕事って、どれくらいの仕事でしょう。」

「車の運転なんかは、よしたほうがいいですね。まあ、軽いデスクワーク。それも、一日に五時間くらいなら、だいじょうぶでしょう。というか、したほうがかえっていいです。あ、スーパーのレジみたいに、立ちっぱなしの仕事はよくありません。暑くも寒くもない屋内《おくない》で、すわって、のんびり、一日五時間、そういう仕事なら、だいじょうぶです。」

わたしと市立病院の先生とのやりとりはそんなふうだった。

〈すぐに命にかかわるようなことはなく、人にうつることもなく、それでも、一年間くらいは、きつい仕事はだめ〉という病気にかかっている者ができる仕事は、〈暑くも寒くもない屋内で、すわって、のんびり、一日五時間、そういう仕事〉なのだ。

わたしは大手《おおて》の建設《けんせつ》会社に就職《しゅうしょく》がきまっていて、どう考えても、その会社の入社一年目の社員の仕事が、暑くも寒くもない屋内《おくない》で、すわって、のんびり、一日五時間というものとは思えず、わたしは会社にわけを話して、就職《しゅうしょく》を辞退《じたい》した。

おそらく両親はがっかりしただろうが、それを顔に出すことはなく、母は、

「まあ、のんびりしていたら、一年くらいすぐたっちゃうよ。なにも働くこともないから、ぶらぶらしていればいいじゃない。」

といい、父は、

「それもいいが、しかし、なにもしないで一年間すごすっていうのは、かえってつらいだろう。」

といった。

そして、その三日後、顔の広い父は、〈暑くも寒くもない屋内で、すわって、のんびり、一日五時間〉という仕事を見つけてきてくれた。

それが市立図書館のアルバイトなのだ。

「図書館の仕事というのは、見た目よりは楽《らく》ではなく、力仕事もあるのだが、わけを話したら、それじゃあ軽作業程度《けいさぎょうていど》と、それから、カウンターの仕事くらいで、という

ことにしてくれた。いちおう面接《めんせつ》をするから、あしたの午前中に図書館に行って、図書館長の杉下《すぎした》さんという人に会ってきなさい。」

父はそういった。

いわれたとおり、わたしは翌日《よくじつ》面接に行き、その結果四月から図書館でアルバイトをすることになったのだった。

二 天使の本か悪《あく》魔《ま》の本か

市立図書館の貸《か》し出《だ》しカウンターのはずれに、〈児童読書相談《じどうどくしょそうだん》コーナー〉というものがあり、わたしはそこをまかされた。

勤務《きんむ》時間の正午から午後五時までの五時間。とちゅう、三十分の休憩《きゅうけい》をいれて、そこにすわっていればいい。

もちろん、ずっとすわっていなければならない、ということではない。〈児童読書相談〉のために必要な業務《ぎょうむ》なら、たとえば、本をさがすということであれば、図書館内を移動《いどう》、つまり、ぶらぶらしてもかまわない。

たまに、小さな子どもをつれた母親がきて、読み聞かせをするのに、いい本はないか、というようなことをきいてくる。

大学に入ってすぐから二年くらいの間に、つきあっていたガールフレンドが児童書にくわしくて、その子の話をいろいろきいているうちに、こちらもそれなりにその分

野のことなら、ちょっとはわかるようになっていた。だから、

「それじゃあ、『バースデー・ドッグ』はどうです。とつぜん、犬がうちにやってきて、いろんなことがおこるお話なんですけど。」

とか、

「読み聞かせだったら、絵本でなくてもいいんですよ。小学校低学年用に書きかえてある、いいグリム童話があります。それだったら、小学校に入る前のお子さんでも、きいていて、じゅうぶん理解《りかい》できます。」

とかいう程度《ていど》のことはいえる。

それに、じつはわたしは、そのガールフレンドにつきあって、夏休みに講習《こうしゅう》を受け、図書館司書《ししょ》の資格《しかく》を持っていた。世の中、どこでなにが役立《やくだ》つかわからない。

それはともかく、どうやらわたしがくるまでは、ほとんど開店休業状態《かいてんきゅうぎょうじょうたい》で、あまり人がおとずれなかった児童読書相談《じどうどくしょそうだん》コーナーは、今では、たいていカウンターにだれかきていて、場合によっては、近くのいすで順番を待っている母親もいるくらいになった。

だが、いそがしいのも、おひるからだいたい二時ごろまでで、それ以降《いこう》、母親たちは買い物に行ってしまうのか、児童読書相談《じどうどくしょそうだん》コーナーに、ほとんど人がこなくなる。

それで、わたしは、きちんと相談を受けられる知識《ちしき》を得るためという口実《こうじつ》で、児童書をさがしたり、読んでいればいいことになる。

そんなことをしているうちに、児童書について、ますますくわしくなっていくのだった。

わたしがその中学生の男の子を見たのは、四月の下旬《げじゅん》で、〈児童読書相談コーナー〉の仕事になれてきたころだった。

その中学生は近くの中学ではなく、電車でかよう有名私立《ゆうめいしりつ》中学に行っていることが、制服《せいふく》でわかった。

わたしがなんとなく、学習参考書のコーナー近くをぶらぶらしているとき、その子は受験問題集の棚《たな》の前に立っていたのだ。

それを見て、わたしは奇妙《きみょう》に思った。

その中学校は中高一貫校《いっかんこう》で、いわゆる一流大学への進学率《しんがくりつ》も高かったから、その子が受験問題集の棚の前にいたところで、さして不思議ではないと思うかもしれない。

しかし、その棚《たな》にあるのは、高校受験や大学受験用の問題集ではなく、中学校入試用の問題集なのだ。

私立《しりつ》中学校の制服《せいふく》を着ているということは、むろんもう中学生なのだから、中学入試の問題集には用《よう》はないはずだ。

それで、わたしがついその子を見ていると、その子のほうからわたしに近づいてきて、

「すみません。あそこの上から三段目《だんめ》にあった水色の表紙の算数の問題集なんですけど……。」

といって、さっきまで自分が立っていたあたりの棚を指さした。

「本の題名、わかりますか?」

わたしがたずねると、その中学生は、

「それが、どうしても思い出せなくて、最後に見たのは一月で、そのあと、何度か見にきたんですが、そのたびになくて……。」

といった。

「それじゃあ、くわしい係員にきいてきましょう。ちょっと、ここで待っていてください。」

わたしがそういうと、中学生はあわてたそぶりで、

「いいです、いいです。なければ、いいんです。それに、今いったとおり、本の名前もおぼえてないから、きいてもらっても、わからないかもしれないし。どうもありがとうございました。」

といった。そして、わたしのそばをはなれ、さっき立っていた場所を通って、どこかへ行ってしまった。

二度目にその中学生に会ったのは、五月のゴールデンウィーク明けだった。

午後四時ごろ、〈きちんと相談を受けられる知識《ちしき》を得るため〉という口実《こうじつ》で、わたしは児童読書相談《じどうどくしょそうだん》コーナーの席にすわり、一冊《さつ》の怪談本《かいだんぼん》を読んでいた。

カウンターの上には、その本と同じシリーズの本が二冊、表紙を上にして、おいてあった。

その中学生は、児童読書相談コーナーの前を通りすぎるとき、カウンターの本を見

ていた。そして、しばらくするともどってきて、

「ちょっといいですか。」

といって、カウンターのむこうに立った。

じつは、わたしはその中学生がさがしていた入試問題集について、水色の表紙というのを手がかりに、何人かの図書館員にたずねてみたのだが、水色の表紙の算数の入試問題集には、だれも心あたりがないといっていた。

「このあいだの問題集ですけど、水色の表紙の算数の問題集というのは、ないみたいなんです。いえ、貸《か》し出《だ》し中ということではなく、その本を知っている図書館員がいないんですよ。」

わたしがそういうと、中学生は、

「やっぱりそうなのか……。」

といって、かすかにため息をついた。そして、カウンターの上の本に目をおとし、

「こういう本、好きなんですか？」

ときいてきた。

「ええ、まあ、好きっていうか、やっぱり、いろいろ本を読んでおく必要もありますから。」

なんだか、あいまいに答えたが、じつはわたしは怪談《かいだん》のたぐいが好きなのだ。だからといって、幽霊《ゆうれい》の実在《じつざい》を信じているわけではない。話として、怪談《かいだん》が好きなだけだ。

「そうですか……。」

とつぶやくようにいって、中学生はカウンターの本を見ていたが、やがて顔をあげ、

「もし、こういう話が好きなら、ちょっときいてもらいたい話があるんです。」

といい、カウンターの上、天井《てんじょう》からぶらさがっている、紙製《かみせい》の〈児童読書相談《じどうどくしょそうだん》コーナー〉の看板《かんばん》を見あげた。

つまり、その動作によって、その中学生は、自分の相談が児童読書についてのことなのだということがいいたいのか、少なくとも、それを口実《こうじつ》にしたいのだろうと、わたしは思った。

「どうぞ。」

とわたしが席をすすめると、中学生はいすにすわった。

「きいてもらいたい話というのは、本についてですか？」

わたしがそういうと、中学生は答えた。

「ええ、まあそうなんですけど、でも、児童書っていうのとは、ちょっとジャンルがちがうかも。」

「じゃあ、このあいだ、きみがさがしていた水色の表紙の受験問題集のことかな？」

わたしが水をむけると、中学生は、

「そうです。正確《せいかく》にいうと、算数の受験問題集っていうより、算数の模擬《もぎ》テストを集めたような本なんですけど……。」

といって、話をはじめた。


ぼくは今年、私立《しりつ》中学校に入りました。中学入試は五年生のはじめに、自分できめました。親に、私立に行っていいかときいたら、両親ともよろこんで、どこを受けるのかきいてきました。それで、ぼくは春晃《しゅんこう》学院に行きたいと答えました。

知っているかもしれませんが、春晃《しゅんこう》は星協《せいきょう》学園のすべりどめの学校です。でも、ぼくは、星協なんてぜんぜん射程距離《しゃていきょり》に入っていないと思っていたし、自分なら、せいぜい春晃がいいとこだろうと思ったし、とにかく、春晃に行きたかったのです。

星協も春晃も入試科目は四科目で、ぼくは、算数以外の科目には自信があったのですけど、算数がまるでだめでした。春晃は合格《ごうかく》合計点が低くて、算数で落としても、ほかの三科目でなんとかなると思いました。

ぼくは親にたのんで、五年生の夏休みから進学塾《しんがくじゅく》に行かせてもらいました。

進学塾の夏休みの終わりの模試《もし》で、ぼくは春晃の合格判定《ごうかくはんてい》をぎりぎりのCでもらいました。

二学期もきちんと勉強して、お正月明けの模試では、春晃の合格判定はAの九十パーセントになりました。

進学塾の先生は、

「春晃学院なんて目標にしないで、星協学園にしたらどうだ？　がんばれば、きみならいけるかもしれないよ。」

といってくれました。

　模試《もし》の結果を見て、父親は、

「おまえがどうしても春晃《しゅんこう》がいいっていうなら、お父さんは反対しないが、受かる可能性《かのうせい》があるなら、星協《せいきょう》を受けてみたらどうだ。」

というし、母親は、

「べつに落ちたっていいんだし、男の子なら、チャレンジ精神《せいしん》がないといけないんじゃない？」

なんていいました。

　でも、ぼくは、星協なんて絶対《ぜったい》無理だと思ったのです。だからというわけではなく、ほんとうに、行きたい気持ちも、ほとんどなかったのです。

　星協の過去問《かこもん》をやってみると、算数以外は合格点《ごうかくてん》に達《たっ》するのですけど、算数がまったく歯が立たないのです。百点満点で十点とか、せいぜい二十点しかとれません。ほかの三科目で、かりに満点をとっても、算数が二十点ではだめなんです。

　なぜなら、星協には科目ごとに足きりがあって、一科目でも五十点以下だと、不《ふ》合格《ごうかく》になるからです。

算数以外の三科目は、そのあとも模試《もし》の点はあがっていきました。でも、六年生の五月になっても、算数はあまりできるようにならないのです。

そのときのぼくの成績《せいせき》は、帯《おび》に短《みじか》し、たすきに長《なが》しで、春晃《しゅんこう》はほぼ合格《ごうかく》のA判《はん》定《てい》で、星協《せいきょう》はD判定。まず無理という判定です。

春晃がA判定で、星協がD判定というケースはめったにありません。春晃がAなら、たいていの場合、星協はBか、悪くてもCなのです。ぼくが星協でDしかもらえなかったのは、算数の足きりのせいです。

べつに、最初から春晃でよかったんだし、ぼくはそれでよかったのですけど、模《も》試《し》の算数の点を見ると、両親ががっかりして、しかも、そのがっかりをかくしているのが見え見えなので、ぼくはそれがいやでした。

星協に受からなくてもいいから、せめて、模試の点だけでも、いい点がとれないものかなあなんて、本末転倒《ほんまつてんとう》なことまで思いました。

二学期がはじまりました。

学校から帰ってきて、進学塾《しんがくじゅく》に行こうとしていると、母親に、

「塾に行くなら、図書館によって、本を一冊《さつ》返してきて。」

とたのまれました。

それで、ぼくはこの図書館に、その日、はじめてきたのです。

本を返して、まだ進学塾の授業《じゅぎょう》まで時間があったので、ぼくはなんとなく、中学入試用の問題集があるところに行き、ならんでいる本の背表紙《せびょうし》を見ていました。

そのとき、一冊の水色の表紙の本に出会いました。

その本は背表紙も水色で、金色の文字で本のタイトルが書いてありました。

でも、その本のタイトルがどうしても、今になると思い出せないのです。

それは、中学入試の試験問題に似《に》せた問題がのっていました。

どこのページを開いても、見開《みひら》きっていうんですか。左右のページで一回分の試験問題がのっていました。

計算問題なら計算問題、図形なら図形というふうにわけてあるのではなく、ページの左右に、いろいろな問題が出ているのです。

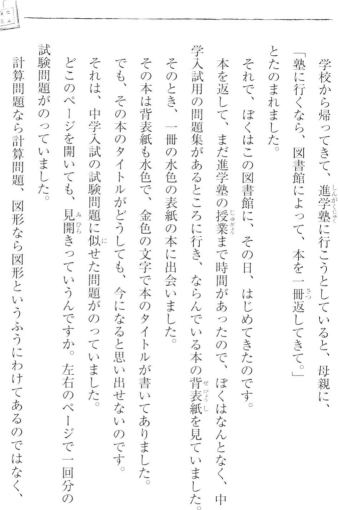

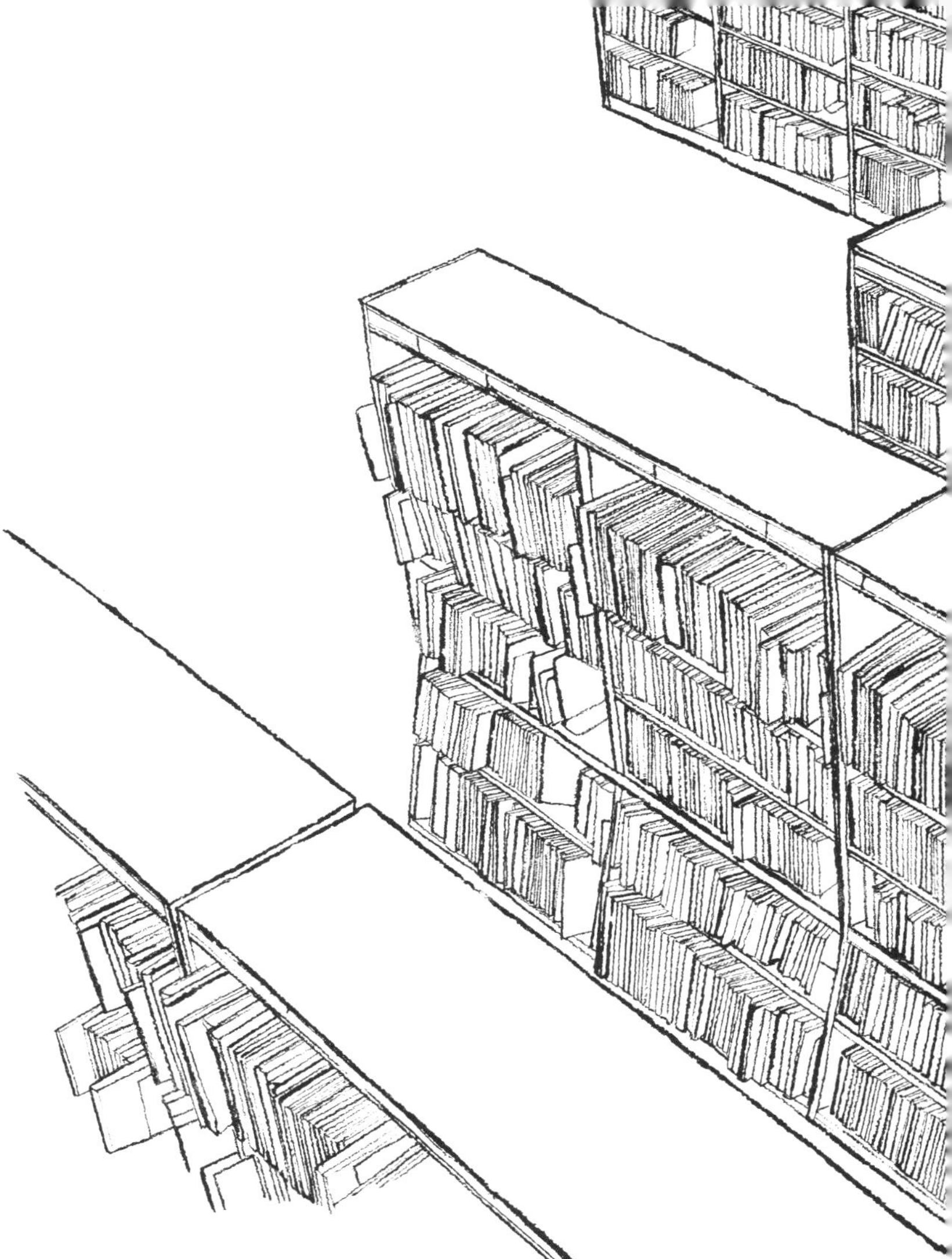

どれもこれも、計算問題以外、ぼくには解《と》けませんでした。

あるページに植木算《うえきざん》の問題がひとつあり、ぼくはそれだけは解けそうでした。

頭の中でその問題を解《と》いているうちに、時間がきて、ぼくは進学塾《しんがくじゅく》に行きました。

その日は、プチ模試《もし》といって、一科目十五分で終わる模試みたいなことをする日でした。四科目だとちょうど一時間です。

四科目分、いっしょに問題がくばられます。

ぼくはどうせいい点がとれないから、プチ模試では、いつも算数を最後にやることにしていましたが、その日、ちらりと算数の問題を見ると、さっき図書館の水色の本に出ていた問題と同じものが出ていたのです。

似《に》ているというのではなく、数まで同じ問題でした。

ぼくはその問題を解き、それから、計算問題だけやって、国語にうつりました。

その日の結果は三百十点でした。

算数以外の平均点《へいきんてん》が九十点で、算数が四十点という結果です。

それまでプチ模試は、三百二十点というのが最高でしたから、それとくらべる

と、十点低いのですが、三百二十点のときは、算数以外の三科目ぜんぶは満点で、算数は二十点だったのです。

つまり、算数にかぎってだと、ぼくはそれまでの最高点でした。

ぼくはつぎの日、学校の帰りに図書館によって、水色の本をさがしました。

でも、その本は見つからなかったのです。

だれかが借りたのだろうと、そのときはそう思いました。

十月の模試《もし》の前の日、そろそろあの本が返却《へんきゃく》されているころではと、ぼくは図書館に行ってみました。

ありました。このあいだと同じ場所に、その本はありました。

手にとって、まず表紙を見ると、本のタイトルの下に、〈貸《か》し出《だ》し禁止《きんし》〉というシールがはってありました。

ぼくはすぐにそれを手にとり、パラパラとページをめくりました。

けれども、本のページはぜんぶ白紙《はくし》なのです。まるで無地《むじ》のノートのようです。

前に見たときは、そんなことはなく、どのページにも、算数の問題がのっていたはずです。それが、ぜんぶ白紙《はくし》なんて！

いや、ぜんぶではありません。左右一ページ分だけ、問題がのっていました。

ぼくはそのページをコピーして帰ることにしました。

ところが、コピー機のあるところまで行くと、行列ができているではありませんか。

ならぶくらいなら、うつしたほうが早いと思い、ぼくはテーブル席に行って、そのページの問題をぜんぶノートにうつしました。

その本は、そこだけ印刷《いんさつ》されていて、あとは白紙でしたから、答えのページはありませんでした。

ぼくはうちに帰り、七番まであるその問題を解《と》こうとしましたが、わかるのは計算問題だけで、あとはまるで解けません。それでも、うちにある参考書を見て、計算問題以外六問のうち、なんとか二問解くことができたのです。

もしかしてというぼくの予感は、翌日《よくじつ》の模擬《もぎ》テストで当たりました。

算数の模試《もし》の七題中七題全問、ぼくがノートにうつしとった問題だったので

す！

その日の模試《もし》の算数の結果は四十五点でした。

あと一問算数の問題が解《と》けていれば、星協《せいきょう》はＣ判定《はんてい》、いや、ほかの科目の得点を考えると、Ｂ判定をとれていたでしょう。

模試の結果が出ると、両親はますます、星協受験に乗り気になりました。

「星協に行けば、東大も夢《ゆめ》じゃない。私立《しりつ》大学の文科系《ぶんかけい》なら、どこだって受かるぞ。」

父親はそういうし、母親は、

「そうよ。ここまできたら、断然《だんぜん》星協が第一志望《しぼう》ね。」

といいだすしまつなのです。

この段階《だんかい》で、星協合格《ごうかく》は無理でも、ぼくは目的を達成《たっせい》することができました。

模試の結果を見て、両親が失望《しつぼう》をかくすところを見ないですんだからです。

模試は毎月あります。

十一月の模試の前に、ぼくは何度か図書館にきましたが、あの本はありませんでした。

でも、ぼくはないことを予想していました。

たぶん、模試《もし》前日くらいにならないと、あの本はあらわれないのだと、ぼくはそう思ったのです。

案《あん》の定《じょう》、十一月の模試の前日に、あの本は図書館の本棚《ほんだな》にあらわれました。

やはり、本の中の左右一ページ分だけ、算数の問題があって、ほかは白紙でした。

その日、コピー機はあいていました。

ぼくはすぐに、そのページをコピー機にかけました。

でも、スイッチを押《お》すとき、ぼくはある予想をしました。

そして、その予想は当たりました。

コピー機から出てきたのは、白紙だったのです。

ぼくはコピー代金を損《そん》しましたが、係の人に文句《もんく》をいいにいったりはしませんでした。そんなことをすれば、その本を見せなければなりません。

そうなると、左右に各一ページ分しか印刷されていない本を見て、係の人は、

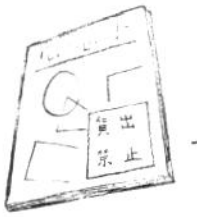

不思議がって、その本をしらべはじめるにきまっています。そうなったら、その本は二度とぼくの前にあらわれないにちがいありません。

ぼくは、問題をノートにうつしとって、うちに帰りました。問題の数は六題で、そのうちのひとつが計算問題でした。その計算問題と、それから残りの五問中、三問まで、ぼくは夜遅《よるおそ》くまでかかって、解《と》きました。

翌日《よくじつ》の模試《もし》では、六題がそっくりそのまま出題されました。

ぼくの算数の得点ははじめて五十点をこえました。

その日の国語の問題に、四文字熟語《じゅくご》の意味が出て、〈欣喜雀躍《きんきじゃくやく》〉というのがありました。もちろん、ぼくは解けました。そういうのは、ぼくはとくいなのです。

模試の結果を見たときの両親はまさにその欣喜雀躍でした。

星協《せいきょう》の合格判定《ごうかくはんてい》はBでした。

十二月の模試の前日にも、その本は図書館にあらわれました。

そうそう、いいわすれましたが、十月と十一月の算数の問題はノートにとってありましたから、ぼくはひまなときに、参考書を見ながら、その問題をぜんぶ解いていました。

十二月の模試《もし》の前の日、ぼくは午前三時までかかって、図書館でうつしてきた七題の問題をすべて解《と》きました。

模試では、七題とも同じ問題が出ました。でも、ぼくはわざと四題しか解かず、あとは答えを書きませんでした。

模試の算数の結果は六十五点でした。

星協《せいきょう》の合格判定《ごうかくはんてい》はBでした。

でも、Bでいいのです。

Aをとったら、両親はぼくが星協に入れると思うでしょう。それで落ちたら、すごく残念がるにきまっています。

B判定で落ちれば、がっかりするにしても、そこまでいったのだから、まあいいかと思ってくれるかもしれません。

同じようにして、一月の最後の模試でも、ぼくの星協の合格判定はBのままでした。

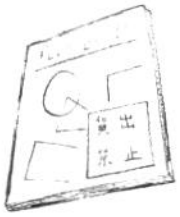

ぼくはべつに自分のしていることがずるいとは思いませんでした。

ひょっとすると、同じ手で、星協《せいきょう》の本番の試験の前日に、出題問題がわかるのではないかと、ぼくがそう思ったかというと、そんなことはありません。

ぼくはその本が、だれかの手のこんだいたずらだとは思いませんでした。模試《もし》の問題を前日に知っている人は何人もいるでしょう。進学塾《しんがくじゅく》の先生は知っているかもしれないし、先生には知らされていなくても、進学塾の経営者《けいえいしゃ》なら知っているでしょう。

でも、もし知っている人がいたとしても、そんないたずらをする意味はないし、しかも、コピーにうつらないインクを使ってまで、わざわざ二ページしかない本を図書館においていくなんて、だれがそんなことをするでしょうか。

ぼくは算数は苦手で、今も中学校の数学はそれほどとくいではありませんが、たくさん本は読んでいるつもりです。

物語の世界では、ぼくのようなケースでは、最後にどんでん返しがあるにきまっているのです。

つまり、本番の入試の前にも、その本は図書館にあらわれるけれど、ぜんぶ白紙《はくし》か、さもなければ、問題はのっていても、その問題は入試には出ないのです。その本は罠《わな》なのです！

人間ではない何者かのしかけた罠なのです。

罠をかけた者はどこかでぼくを見て、笑っているのです。

そうにきまっています。

もし、ぼくが本気で星協《せいきょう》に行きたいとしたら、ぼくはその罠にはまっていたかもしれません。でも、それほど星協に行きたかったわけではありません。ぼくが行きたかったのは春晃学院《しゅんこう》でした。

星協になくて、春晃にあるものがあるのです。

ぼくが好きな小説の作者が春晃出身なのです。

ぼくはその作家がかよった中学校と高校で六年間勉強したいのです。もちろん、その作家はもう七十歳《さい》をすぎていますから、そのころの先生はひとりも残っていないだろうし、校舎《こうしゃ》もほとんど建てかえられているようです。

それでも、ぼくは春晃《しゅんこう》に行きたかったのです。

春晃は実力でA判定《はんてい》だったので、問題はありません。それから、そのあとの星《せい》協《きょう》の入試の前、図書館にはいきませんでした。

春晃は合格《ごうかく》しました。べつに自慢《じまん》しているわけではありませんが、入学金と一年間の授業料免除《じゅぎょうりょうめんじょ》の特待生《とくたいせい》合格でした。成績《せいせき》がある一定レベルに達《たっ》していれば、二年生以降《いこう》も授業料免除になるということでした。

そして、星協はといえば、ぼくが着ている制服《せいふく》を見れば、わかってしまうかもしれません。星協も受かってしまったのです。

算数の問題は七題でした。

べつに行く気はないのですから、白紙《はくし》で出してしまえばよかったのですが、ぼくは半分とれる自信もなかったし、できる問題はぜんぶやってしまったのです。

問題用紙はくれますから、うちに帰って、おちついて解《と》いてから自己採点《じこさいてん》したら、算数は五十五点でした。

あの水色の本の問題を懸命《けんめい》に解いているうちに、実力というほどではなくても、算数の問題を解《と》くコツのようなものが身についてしまったのかもしれません。

星協《せいきょう》の合格《ごうかく》はネットで発表されます。

〈合格〉を見て、両親はとてもよろこびました。

両親がハイタッチするところなんて、もう一生見られないかもしれません。

あの水色の本がこのあとまた出現《しゅつげん》するのかどうか、もうぼくには関係ありませんから、どちらでもいいのですが、ときどき、ぼくはあの本がむしょうになつかしくなるのです。それで、たまにここに見にくるのですが、一月に見たきり、あの本はここにあらわれません。

このごろ、あの本は罠《わな》、というよりテストではなかったかと思うのです。

もし、罠だとして、罠をかけたのは悪魔《あくま》みたいな者でしょう。罠ではなくて、テストなら、それは天使のテストです。

ぼくが入試の前にあの本を見なければ、ぼくがぎりぎり合格できるように天使がしてくれたと、そう考えることができます。

罠がしかけられている悪魔の本だったのか、テストがかくされている天使の本だったのか……。

悪魔《あくま》の罠《わな》なら失敗《しっぱい》だったし、天使のテストなら成功《せいこう》だったということになるでしょう。

でも、ぼくは後悔《こうかい》しているのです。

星協《せいきょう》に合格《ごうかく》して、大よろこびしている両親に、ぼくは、

「やっぱり春晃《しゅんこう》に行きたい。」

とはいいだせませんでした。

けれども、それはいうべきだったのです。

べつにぼくは、星協がいやなわけではありません。友だちもできたし、数学の授業《じゅぎょう》も楽しくなっています。

でも、ときどき、ぼくは教室から校庭を見ながら、ここが春晃だったら、どんなによかっただろうかって、そう思わずにはいられないのです。

もし、春晃に行っていても、そんなにおもしろくなかったかもしれません。でも、やっぱりぼくは春晃がいいのです。

その中学生はそこまで話すと、テーブルの上にあった本を手にとって、

「ぼく、この本、読みました。小学生がどこかの大学の研究室《けんきゅうしつ》に迷《まよ》いこんで、そこにいる先生とか大学生とかといっしょに、怪談《かいだん》の発表会みたいなことをする話ですよね。」

といった。

「そうだけど……。」

とわたしが答えると、中学生はいった。

「話をきいてもらって、どうもありがとうございました。なんだか、気がすみました。」

「そう。その水色の表紙の本が出てきたら、知らせようか。」

わたしがそういうと、中学生は本をカウンターにもどし、

「いえ。もういいんです。」

といって、立ちあがった。そして、いった。

「こんどはもっとちがう本のことで相談にきます。いいですか?」

「もちろんだよ。」

わたしがうなずくと、中学生は、

「じゃあ。」

といって、図書館の出口にむかっていった。

二　美《び》術《じゅつ》館《かん》の少女

わたしが働いている図書館は、火曜日が休館日で、アルバイトは週に二日休むきまりだ。それで、火曜のほかのもう一日について、わたしはそれを水曜日にしていた。だから、火曜日と水曜日がわたしの休日だ。

六月の最初の木曜日に、わたしが図書館に行くと、貸《か》し出《だ》しカウンターの女性館員《じょせいかんいん》がわたしにいった。

「きのう、小学生がひとりきて、児童読書相談《じどうどくしょそうだん》コーナーの人はお休みですかって、きいていましたよ。だから、あしたきますって、そう答えておきました。」

「どんな子でした？」

わたしがたずねると、女性館員は、

「どんな子っていわれても、ふつうの男の子としか答えられないけれど、白いヨットパーカーを着てました。でも、そんなの特徴《とくちょう》になりませんよね。」

と答えた。

午後二時をすぎて、いつものように母親たちが帰ってしまうと、ひまになる。

きょうはどんな本を読もうかと、本をさがしに、わたしが席を立とうとしたとき、数メートルはなれた書架《しょか》と書架のあいだから、ひとりの男の子がこちらに歩いてきた。

その子は、近くにくると、そばに人がいないのをたしかめてから、

「あのぅ……。」

と小さな声でいった。

わたしはあいてが小学生でも、少なくとも最初は、おとなに対するのと同じ言葉づかいをすることにしている。

「なんでしょう?」

といって、まずすわりなおし、その子にも席をすすめた。

「そこにおかけください。」

「はい。」

といってすわると、その子はいかにもいいにくそうに、

「あの……。」

ともう一度いい、数秒《すうびょう》おいて、いいたした。

「ぼく、あやまらなきゃならないことがあるんです。」

ひょっとして、だまって本をうちに持ち帰りでもしたのだろうか。

わたしがそう思いながら、その子の目を見ると、その子はいった。

「あの、ぼく、ちょっと前のことなんだけど、ここで話をしていた中学生の話、立ち聞きしちゃったんです。最初は、そんなつもりじゃなかったんだけど、あそこの本棚《ほんだな》のむこうに立って、本をさがしていたら……。」

そういって、男の子は、園芸や絵画などのハウツー本《ぼん》がある実用書の書架《しょか》を指さした。

そこは、児童読書相談《じどうどくしょそうだん》コーナーからは死角《しかく》になっているが、声はじゅうぶんにきこえる位置だ。

「立ち聞きっていうより、きこえちゃったんじゃないかな。」

わたしが助け舟《たすぶね》を出すと、男の子はいった。

「そうなんです。でも、最初はそうだけど、ずっときいていて、最後までぜんぶきいちゃったら、立ち聞きになるんじゃないかなって。」

わたしは言葉づかいをいくらか親《した》しげにしていった。

「まあ、そうかもしれないけれど、そんなこと、あやまりにきてくれたの？」

「そうですけど、それだけじゃなくて、あのときのことを思い出したら、ぼくも話をきいてもらおうかなって。」

「話って？」

「つまり、その、なんていうか、不思議な話なんですけど。」

「不思議な話？　それ、きみが体験した話かな？」

「そうです。まだ、だれにも話していないんです。友だちに話すと、気味悪《きみわる》がられるかもしれないし、それはまあ、いいけれど、だれかにしゃべったら、その子に悪いような気がして、だから、児童読書相談《じどうどくしょそうだん》コーナーなら、児童相談もしてくれるんじゃないかって……。」

〈その子〉というのがどの子のことなのか、わたしにはわからなかったが、それはあとでわかるだろうと思い、わたしは答えた。

「児童読書相談《じどうどくしょそうだん》コーナーは、児童相談コーナーとはちょっとちがうかもしれないんだけど、でも、なんでも話してください。わたしにできることなら、お手伝いしますよ。」

するとその子はちょっと考えるようなしぐさで、首をかしげてから、話しだした。

ぼく、絵を描《か》くのが好きで、それで、このあいだも油絵《あぶらえ》の描き方の本をさがしていて、中学生の話をきいちゃったんです。今はまだ、水彩画《すいさいが》しか描いたことがないけれど、でも、けっこう自信もあって、五年生の夏の、あ、それ、去年の夏ですけど、市の〈少年少女絵画コンクール〉の小学生の部にはじめて応募《おうぼ》したんです。

市長賞のほか、金賞《きんしょう》、銀賞《ぎんしょう》、銅賞《どうしょう》、それから奨励賞《しょうれいしょう》があって、奨励賞は三点ですけど、ほかは一点ずつで、ぜんぶで七点、賞が出ます。

七月に市立美術館《びじゅつかん》で展覧会《てんらんかい》があるんですけど、この市に住んでる人じゃなくても応募できるから、けっこういろんなところから出品《しゅっぴん》されます。この展覧会のい

いところは、入賞しなくても、絵が美術館《びじゅつかん》にかざってもらえるところです。でも、入賞しないと、かざられる場所が大きなホールで、しかも、壁《かべ》に四段《だん》くらいにかざられるから、なんだか、ぎゅうぎゅうづめって感じです。

入賞作品だと、ちょっと小さめのホールに、何段もではなく、横に一段で展示《てんじ》されます。

締《し》め切《き》りはけっこう早くて、五月十五日です。だから、今年のはもう締め切られました。

ぼくは風景画《ふうけいが》で、今年も出品しましたが、去年も出していて、なんの賞もとれませんでした。でも、今いったみたいに、七点入賞するし、どれかはとれるだろうと思っていました。

いくら自信があっても、もっとじょうずな人はたくさんいるんだろうなあと思い、ぼくは展覧会《てんらんかい》を見にいきました。

もちろん、最初の日に行きました。

入り口に行列ができるほどじゃなかったけれど、それでもけっこう混《こ》んでいました。

ぼくの絵は、ぎゅうぎゅうづめの下から三段目《だんめ》で、前に立って見ても、正面から見るというより、見あげるっていう感じでした。

自分の絵を見てから、ぼくは入賞作品を見にいきました。

奨励賞《しょうれいしょう》をとった三つのうちのひとつは、よその市の小学生の描《か》いた人物画で、若《わか》い男の人の上半身が書かれていて、デッサンなんか、まるでくるってないし、おとなが描いたみたいにじょうずでした。

奨励賞のあとのふたつのうち、ひとつは抽象画《ちゅうしょうが》で、なにが描かれているのかわからなかったけれど、色がとてもきれいでした。市内の小学生が描いた作品です。もうひとつも市内の小学生の作品で、学校の運動会のようすを描いたものでした。うまいかへたかというと、それほどじょうずだとは思いませんでしたが、運動会のようすが生き生きと描かれていました。

ぼくは奨励賞の絵から先に見て、つぎに市長賞の絵の前に行きました。

その絵の前に立ったとき、ぼくはおもわず、

「えーっ？」

と声をあげてしまいました。それで、となりに立っていた女の人にへんな顔で見られてしまったほどです。

ぼく、びっくりすると、声をあげちゃうくせがあって、それでよく、そばにいる人から、へんな目で見られちゃうことがあるんです。

その絵は、左をむいた少女を横から描《か》いた人物画でした。少女は本を持っていて、絵のタイトルは『読書をする少女』でした。絵の中の少女は両手で本を持っていて、こちらから見える腕《うで》はちゃんと描かれていました。でも、少女の右手側は、こちらから見ると、腕のつけねは見えなくて、ひじでまがった腕がおなかのあたりから出ているようになるのですが、その出方がへんなのです。どういうふうに腕をまげても、そんなところから腕は出ないはずの場所から、腕が出ているのです。ようするに、デッサンがなっていないのです。

そりゃあ、抽象画《ちゅうしょうが》だったら、そういうこともあるでしょうけど、右腕だけ抽象画ってことはないはずです。

金賞《きんしょう》は抽象画《ちゅうしょうが》で、タイトルは『昼と夜』でした。絵の左側が黄色で、右側が青っぽく描《か》かれていて、それで、昼と夜なんだなと思いましたが、とくに色がきれいなわけでもなく、見ていても、なんの感動もわきません。

銀賞《ぎんしょう》は風景画《ふうけいが》でした。山のむこうに空が見える絵です。なんというか、ふつうの風景画です。

これだったら、ぼくの絵のほうがいいな、とぼくは思いました。

銅賞《どうしょう》はたぶん、小学校の一年生か二年生が描いたのでしょう。電車の絵が描かれていました。低学年の子が描いた絵について、意地悪《いじわる》なことをいいたくはないけれど、そこに、とくに光るものがあるとは思えませんでした。

それからぼくは、奨励賞《しょうれいしょう》の三つの絵を見て、どちらかというと、その三つのどれかが市長賞で、どれかが金賞で、どれかが銀賞だろうと思いました。それで、ぼくの絵が銅賞なら、納得《なっとく》できます。

市長賞から銀賞までの絵が、どうしてその賞にふさわしいのか、ぼくはまったくわかりませんでした。とくに市長賞の『読書をする少女』は、はっきりいって、

へたくそなだけです。

市長賞といっても、じっさいに市長さんが選ぶのではなく、審査委員会《しんさいいんかい》で選んだものを市長さんが認《みと》めるというしくみになっているのでしょう。

そんなことをどこかできいたことがあります。

ぼくは最後に、自分の絵をもう一度見にいきました。

正直《しょうじき》にいって、ぼくはとてもくやしかったのです。

自分の絵が奨励賞《しょうれいしょう》にも入れなかったから、くやしかったのではありません。奨励賞の三つの絵は、賞にふさわしいと思ったので、その三つとくらべて、ぼくの絵のほうがよくないといわれても、しょうがないと思いました。でも、市長賞や金賞《きんしょう》、銀賞《ぎんしょう》の絵にくらべて、ぼくは自分の絵が劣《おと》るとは思えませんでした。

そのとき、ホールには何人も人がいました。

ぼくはすぐうしろに、だれかがいることに気づき、ぼくがその人が絵を見るのをじゃまをしているのではないかと思い、その場からどこうとしました。

すると、ぼくのうしろにいた人が、

「あなた、横田《よこた》くんかしら？」

といったのです。

「え？」

と、ぼくはふりむきました。すると、そこに、ぼくより背《せ》の高い女の子がいました。

白のジーンズに、黄色いTシャツを着ていました。

髪《かみ》がちょうど肩《かた》までかかっていました。

その子は知らない子でした。

ぼくの名前は横田圭《よこたけい》です。ケイは土ふたつみたいな字の圭です。

なんでその子がぼくの名前を知っているのか、ぼくはとまどいました。

すると、その子はぼくの気持ちがわかったようで、

「だって、あなたが見ていた絵、あなたが描《か》いたんでしょ？『光の町』っていうタイトルの下に、横田圭って書いてあるから。」

といいました。

あ、そういうことかと思い、ぼくは、

郵便はがき

料金受取人払郵便

牛込局承認

6519

差出有効期間
2020年12月31日
(期間後は切手をおはりください。)

162-8790

東京都新宿区市谷砂土原町3-5

偕成社 愛読者係 行

ご住所	〒□□□-□□□□ 都・道 府・県	
	フリガナ	
お名前	フリガナ	お電話
		★目録の送付を［希望する・希望しない］

★新刊案内をご希望の方：メールマガジンでご対応しておりますので、メールアドレスをご記入ください。

@

書籍ご注文欄

ご注文の本は、宅急便により、代金引換にて1週間前後でお手元にお届けいたします。本の配達時に【合計定価（税込）＋ 送料手数料（合計定価 1500 円以上は 300 円、1500 円未満は 600 円）】を現金でお支払いください。

書名		本体価	円	冊数	冊
書名		本体価	円	冊数	冊
書名		本体価	円	冊数	冊

偕成社 TEL 03-3260-3221 ／ FAX 03-3260-3222 ／ E-mail sales@kaiseisha.co.jp

＊ご記入いただいた個人情報は、お問い合わせへのお返事、ご注文品の発送、目録の送付、新刊・企画などのご案内以外の目的には使用いたしません。

★ ご愛読ありがとうございます ★
今後の出版の参考のため、皆さまのご意見・ご感想をお聞かせください。

●この本の書名『　　　　　　　　　　　　　　　　　　　　』

●ご年齢（読者がお子さまの場合はお子さまの年齢）　　　　歳（ 男 ・ 女 ）

●この本の読者との続柄（例：父、母など）

●この本のことは、何でお知りになりましたか？
1. 書店　2. 広告　3. 書評・記事　4. 人の紹介　5. 図書室・図書館　6. カタログ
7. ウェブサイト　8. SNS　9. その他（　　　　　　　　　　　　　）

ご感想・ご意見・作者へのメッセージなど。

ご記入のご感想を、匿名で書籍の PR やウェブサイトの感想欄などに使用させていただいてもよろしいですか？　〔はい ・ いいえ〕

「そうですけど……。」

と答えました。

　すると、その子は、

「奨励賞《しょうれいしょう》くらいはとれたはずよね。」

といったのです。

「でも、奨励賞の絵、どれもよかったし。」

　ぼくがそういうと、女の子はぼくの顔をじっと見て、そのあと、ぼくの絵を見あげました。そして、こういったのです。

「そうね。でも、小さな子が描《か》いた絵の銅賞《どうしょう》はともかく、市長賞、金賞《きんしょう》、銀賞《ぎんしょう》のどの絵も、そんなによくないし、わたしが審査委員《しんさいいいん》なら、奨励賞《しょうれいしょう》の三作品に市長賞、金賞、銀賞をふりわけて、あなたの絵を奨励賞にするか、さもなければ、銅賞にするかも。どっちにしても、市長賞、金賞、銀賞をとった三つの絵は賞からはずす。奨励賞だって無理！」

　そういわれて、ぼくはうれしかったけれど、でも、その反面、ずいぶんきつい言い方をする女の子だなあと思いました。

ぼくより背《せ》が高かったし、それに言葉づかいも、なんとなくおとなびていましたから、きっと中学生なんだろうと、ぼくは思いました。

シャ・ルージュっていう三人組のアイドルグループあるでしょ。あのなかのユメっていう人に、ちょっと似《に》ているような気がしました。ぼく、ユメのファンなんです。

その子も絵を描《か》くのかどうか、ぼくがきこうとして、

「あの……。」

といいかけると、それとほとんど同時に、その子がきいてきました。

「中学生の部、見た?」

「まだだけど。」

とぼくが答えると、その子は、

「じゃ、見にいこ。」

といって、先に歩きだしました。

中学生の部も、市長賞、金賞《きんしょう》、銀賞《ぎんしょう》、銅賞《どうしょう》は、あまりぱっとしませんでした。小学生の部と同じで、奨励賞《しょうれいしょう》も三つの絵に出されていました。その三つの絵のうち、いちばん奥《おく》にあった絵を見て、ぼくはまた声をあげてしまいました。でも、こんどは、

「えーっ？」

ではなく、

「あっ！」

でした。

その絵は、海を背景《はいけい》にして、白い服を着た女の子がこちらを見ている絵で、その顔は、ぼくをそこにつれてきた女の子の顔にそっくりだったのです。髪《かみ》も肩《かた》までです。

ぼくは、となりでその絵を見ていた女の子に、

「この絵のモデルって……。」

というと、その子は、半分てれくさそうに、それでいてもう半分は自慢顔《じまんがお》で、

「エへへ。そう。わたしがモデル！」

といい、きゅうにまじめな顔になって、いいたしたのです。

「これ、ちゃんと審査《しんさ》したら、絶対《ぜったい》市長賞なのに！」

たしかに、デッサンにくるいはないし、油絵《あぶらえ》でしたが、色ににごりもなくて、なによりその表情《ひょうじょう》が、なんというか、つまり、とてもいいのです。たとえていうなら、なにか不思議なものを見ているような、そんな表情なんです。

絵の中の女の子はこちらを見ているわけで、こちらはその子に見られていて、しかも、不思議そうな顔で見られているから、見ているこちらが不思議であやしい人間みたいな気になってくるのです。

絵を見ていて、そんなふうに感じたのは初めてでした。

絵の題は、『Sの思い出』でした。

「Sの思い出って……。」

ぼくがそういいかけると、女の子は絵を指さしていいました。

「ほら、右のほうに、小さな島が見えるでしょ。あれ、江《え》の島《しま》。湘南海岸《しょうなんかいがん》だから。」

「Sって、湘南《しょうなん》のS?」

「まあ、そういうこと。友だちと何人かで、江《え》の島《しま》に遊びにいったときの思い出ってことだと思う。ね。この絵、いいよね。べつにわたしがモデルになってるからってことじゃなくて。モデルがどうとかは関係なしに、この絵、すてきじゃない?」

「そうですね。たしかに、この絵、いいなあ。ぼくも、風景画《ふうけいが》やめて、人物画に転向《てんこう》しようかな。」

ぼくはそう答えましたが、それはお世辞《せじ》じゃなくて、ほんとうにそう思ったのです。

『Sの思い出』という題の下に、〈鳥井卓〉と名前が書いてありました。

神社の鳥居《とりい》とは字がちがって、トリイのイは井戸《いど》の井だということに、ぼくは気づきました。それから、卓というのがスグルと読むのも知っていました。同じ字でスグルという名の子がクラスにいるからです。

女の子はしばらくだまってその絵を見ていましたが、やがて、

「それじゃあね。賞《しょう》、とれなかったことで、がっかりしないで。」

といいのこし、ホールから出ていってしまいました。

そのあと、ぼくは中学生の部の出品作品《しゅっぴん》をぜんぶ見ました。やはり、『Sの思い出』が一番でした。

市立美術館《びじゅつかん》を出るとき、ぼくはその子の名前をきいてなかったことに気づき、なんだか残念に思いました。

少年少女絵画コンクールが終わったあとも、夏休み中、ぼくは何度か市立美術館に行きました。正直《しょうじき》にいうと、その子にまた会えるんじゃないかと思ったからです。でも、それきりその子に会うことはありませんでした。

つぎにその子と会ったのは、今年の五月、つまり先月でした。

今年の七月もまた、少年少女絵画コンクールがあります。出品の締《し》め切《き》りは五月十五日で、ぼくはまた、出品しました。

人物画にしようかと思ったのですが、うまく描《か》けなくて、また風景画《ふうけいが》にしました。

出品者は作品を美術館の搬入口《はんにゅうぐち》という出入り口に持っていくことになっていま

す。小学校の美術《びじゅつ》クラブや中学校の美術部に入っていると、先生がまとめて持っていってくれるみたいですが、ぼくは自分の学校の美術クラブに入っていませんから、自分で持っていくことになります。

そうそう、町の美術教室に入っていると、やっぱりそこの先生に、まとめて持っていってもらえるようです。

ぼくが美術館に絵を持っていったとき、江野川《えのがわ》美術教室って書いてあるワゴン車が搬入口《はんにゅうぐち》の近くにとまっていて、作業着姿《さぎょうぎすがた》の男の人がふたり、絵を美術館にはこびこんでいました。そのとき、もうひとり、緑色のベレー帽《ぼう》にちょびひげという、漫画《まんが》に出てくる画家みたいな人が立っていて、絵をはこんでいるふたりに、いろいろと指示《しじ》をしながら、

「ま、今年も四賞はうちで独占《どくせん》だな。悪くても、一着《ちゃく》二着はうちだ。」

なんていっていました。

白いワイシャツが緑のベレー帽に不《ふ》つりあいでした。

美術館は市役所のある公園の中にありますよね。ぼくが絵を出品して、うちに

帰るために、あの公園を歩いていると、噴水《ふんすい》の近くで、うしろから、

「横田《よこた》くん！」

と声をかけられました。

ふりむくと、あの子が立っていました。前に会ったときと同じ白のジーンズに、黄色いTシャツを着ていました。

こちらにむかって、歩いてきます。

その子に出会えたことも、それから、その子がぼくの名前をおぼえていてくれたことも、ぼくはうれしくて、ぎゃくにこっちがその子の名前を知らないことが残念でした。

その子がぼくのそばまできたとき、ぼくが、

「去年、美術館《びじゅつかん》で……。」

というと、その子はほっとしたような顔をして、いいました。

「よかった、おぼえていてくれて。『あんた、だれ？』なんていわれたら、さびしいじゃない。」

そのとき、その子がちょっと首をふったので、肩《かた》までの髪《かみ》が左右にゆれました。

それから、その子はぼくにききました。

「今年も応募《おうぼ》したの？」

「はい。」

と答えてから、ぼくはききました。

「鳥井《とりい》さんっていう人も、今年、出品するんですか？」

「あら、よく名前おぼえているね。うん。さっき出品したばかりみたい。」

さっきときいて、ぼくが、

「もしかしたら鳥井さん、江野川美術教室《えのがわびじゅつきょうしつ》っていうところにかよってるんですか？　さっき、ワゴン車がとまっていたけど。」

というと、女の子は、

「まさかあ。あんなとこ行ったって、どうしようもないでしょ。」

といってから、すぐにいいなおしました。

「あ、そんなことないか。賞をとるにはいいかも。」

「え？　そうなんですか？　あそこにいた人も、『今年も四賞はうちで独占《どくせん》だ。』とかいってましたけど。」

ぼくはそういいましたが、女の子はそれには答えず、

「きみ、デジカメ持ってる？」

と話をかえました。

ぼくはうなずきました。

「はい。持ってます。風景画描《ふうけいがか》くとき、その風景の写真を撮《と》っておいて、参考にするんです。」

「じゃあさ、手伝ってほしいことがあるんだ。写真を撮影《さつえい》してほしいんだよね。」

「写真って、だれの？」

「わたしの、といいたいところだけど、ちがうのよ。わたしの写真撮ったって、しょうがないでしょ。わたし、写真うつり、最悪なのよ。カメラがいやがって、写らないかも。それで、きみのカメラって、けっこうズームがきく？」

「はい。ぼくのカメラっていっても、このあいだまでお父さんのだったんです。

お父さんが新しいの買ったものだから、今まで使っていたのをぼくにくれたんです。だから、けっこういいカメラです。望遠《ぼうえん》もバッチリです。」

「じゃあ、フライタークごっこに最適《さいてき》ね。」

「フライタークごっこって？」

「フライタークよ。フライターク、知っているでしょ。写真週刊誌《しゃしんしゅうかんし》。ほら、芸能人《げいのうじん》とか政治家《せいじか》のスキャンダルなんかをのせちゃう週刊誌。」

「あ、あのフライターク。じゃあ、フライタークごっこっていうと、だれかの写真をこっそり撮影《さつえい》するってことですか？」

「まあ、そう。でも、へんな盗撮《とうさつ》じゃないから、だいじょうぶ！　へんどころか、世の中のためになるフライタークごっこよ。手伝ってくれるかな。」

「なんだかよくわからないけど、手伝います。」

もちろん、ぼくはそう答えました。

フライタークごっこなんか、ちょっとあやしくて楽しそうだし、それよりなにより、その子となにかできることがうれしかったからです。

それから、女の子は思い出したようにいいました。

「あ、そうだ。きみのうちって、プリンターある？　つまり、撮影《さつえい》した写真を写真用紙にプリントアウトできるかってこと。」

「はい。うちに2Lサイズと葉書《はがき》サイズの用紙もありますから。ちゃんと写真にできます。」

「じゃあ、写真が入る封筒《ふうとう》は？」

「たぶんあります。」

「手袋《てぶくろ》は？」

なぜ手袋が必要なのか、わかりませんでしたが、ぼくは、

「軍手《ぐんて》ならあります。」

と答えました。

「それじゃあ、道具はぜんぶあるわけだ。」

女の子はそういうと、満足そうに何度かうなずきました。

それから、女の子は大きく息をすい、それをゆっくりはいてから、ぼくをじっ

と見ていいました。

「きみ、静観寺《せいかんじ》、知ってる？」

この市に住んでいて、静観寺を知らない人はいないでしょう。毎年、お正月には何万人も初詣客《はつもうできゃく》がくる寺ですから。

「知ってます。」

ぼくが答えると、女の子はいいました。

「よかった。じゃあ、こんどの土曜日、午後五時半くらいに、静観寺の裏《うら》の林にきてもらえるかな、カメラ持って。」

「はい。でも、なにを撮《と》るんですか？」

「なにって、きまってるじゃない。静観寺っていったら、あれよ。」

「あれって？」

「幽霊《ゆうれい》。」

ぼくはおどろいて、

「えーっ！」

と声をあげてしまいました。

ちょうど通りかかったカップルがへんな目でぼくを見ました。

そのカップルが行ってしまうと、女の子はいいました。

「きみ、静観寺《せいかんじ》の幽霊《ゆうれい》、知らないの？」

「知りません。」

「そうかあ。幽霊の撮影《さつえい》なら、やっぱりいやかな。」

じつをいうと、幽霊の撮影なんて、気がすすみませんでした。でも、そんなことはいえません。臆病《おくびょう》だと、その子に思われたくないからです。

「ぜんぜんいやじゃありません。でも、幽霊なんて、ほんとうに出るんですか？」

「出ると思うけど、写真に写るかどうか、それはわからないなあ。だけど、写してみないことには、わからないでしょ。」

「だけど、ひょっとして、それ、ぼくひとりで？」

「なにいってるの。さっき、わたし、静観寺の裏《うら》の林にきてもらえるかな、っていったよね。もし、きみがひとりで行くんだったら、静観寺の裏の林に行っても

らえるかな、っていうでしょ？　わたしも行くから、だいじょうぶ。」

ぼくはほっと安心して、

「わかりました。とにかく、こんどの土曜日の午後五時半に、静観寺《せいかんじ》の裏《うら》の林に行けばいいんですね。」

と確認《かくにん》しました。

「そう。カメラ、持ってね。」

その子はそういうと、

「それじゃあ、こんどの土曜日、静観寺で。」

といって、美術館《びじゅつかん》のほうにもどっていってしまいました。

考えてみれば、初夏の午後五時半なんて、まだまだ明るいし、いくらお寺の裏だって、幽霊《ゆうれい》が出る時刻《じこく》ではありません。でも、そのときは、そうは思いませんでした。その子が行ってしまってから、背中《せなか》がぞくっとしました。

土曜日になって、ぼくはカメラを持って、静観寺に行きました。

山門《さんもん》をくぐるときに、時計を見ました。そのとき、まだ五時でした。

山門《さんもん》あたりには、まだ人がいましたが、本堂《ほんどう》づたいに裏《うら》に行くと、そのあたりをうろうろしている人はもういませんでした。ただ、林の中に、その女の子がいるだけでした。いつもと同じ白いジーンズに黄色いTシャツです。

ぼくを見つけると、その子は手招《てまね》きをしました。

ずいぶん早くきたつもりでしたが、その子のほうが早かったのです。

その子のそばまで行くと、その子はいいました。

「きてくれてありがとう。さっそくだけど、カメラのシャッター音、出ないようにして、連写《れんしゃ》モードにしてくれるかな。あ、それから、できれば撮影《さつえい》日時が入るようにして。」

ぼくはすぐに、いわれたとおりにカメラをセットしました。

連写モードにすれば、シャッターを押《お》しているかぎり、カメラは連写しつづけます。

「できました。」

ぼくがそういうと、その子はぼくの手をとって、林の奥《おく》につれていきました。

手をつかまれたとき、ぼくは心臓《しんぞう》がドキリとして、顔がほてってしまいました。

顔が赤くなったのが、自分でもわかりました。

それに気づかないのか、それとも、気づいたけれど、気づかないふりをしているのか、それはわかりません。女の子はぼくを奥《おく》に引っぱっていくと、その先に行ったらもう、木立《こだち》にかくれて、本堂《ほんどう》が見えなくなるあたりまで行って、立ちどまりました。

「ここでどうかな？　だれかが本堂の近くにいたら、ここから写せる？」

女の子の質問《しつもん》に、ぼくは答えました。

「もうちょっと本堂に近づかないと、木のかげになって、よく写らないかも。」

「じゃ、もうちょっと近づこうか。」

女の子はそういうと、何歩かもどり、

「このへんなら、だいじょうぶでしょ。」

といいました。

「だいじょうぶだと思います。」

ぼくはそう答えました。

それきりその子はだまってしまい、ずっと本堂《ほんどう》のほうを見つめていました。ふたりでだまっていた時間がどれくらいだったかわかりません。だまっていても、ぼくは退屈《たいくつ》しませんでした。その子とそこにいられるだけで、うれしかったのです。

はっきりいって、ぼくはその子のことが好きになっていました。

そうやって、待ちつづけていると、山門《さんもん》のほうからだれかが本堂ぞいに歩いてきました。

「きた!」

女の子がそういって、いきなりしゃがんだので、ぼくもしゃがみ、カメラをかまえました。

でも、そこにきたのは、幽霊《ゆうれい》ではありませんでした。

帽子《ぼうし》はかぶっていませんでしたが、それは、少年少女絵画コンクールの応募《おうぼ》申し込《こ》みのときにいた、緑色のベレー帽のちょびひげの男でした。白いワイシャツ

は同じでした。茶色っぽい封筒《ふうとう》のようなものを持っています。

「あとからもうひとりくるから、そうしたら、ふたりの写真を撮《と》りつづけて！」

女の子はそう指示《しじ》しましたが、そのもうひとりというのは、なかなかきませんでした。

ぼくは小声でいいました。

「あの人が幽霊《ゆうれい》なんですか。このあいだ、応募《おうぼ》の受付のとき、見かけましたけど。」

「しっ！　だまって。気づかれちゃうでしょ。」

女の子にそういわれ、ぼくはだまりこみました。

やがて、もうひとり男の人があらわれました。

ワイシャツにネクタイをしています。

元気そうな若《わか》い人で、とても幽霊には見えません。

「撮影《さつえい》して！」

女の子にいわれ、ぼくはカメラをふたりにむけて、シャッターを押《お》しました。

無音《むおん》の連写《れんしゃ》がつづきます。

ちょびひげの男が手に持っていた封筒《ふうとう》のようなものをあとからきた男にわたしました。

あとからきた男は、封筒のようなものを受けとると、すぐに帰ろうとしましたが、ちょびひげの男になにかいわれ、わたされたものの中から、なにかを引っぱりだしました。中身をたしかめているのでしょう。

それは紙の束《たば》のようでした。

ちょびひげの男がなにかいいました。

もうひとりがうなずきました。

もう一度、ちょびひげの男がなにかいうと、もうひとりはうなずいて、もときたほうにもどっていきました。

「帰っていく人のうしろ姿《すがた》も写して！　あの人がいる場所がここ、静観寺《せいかんじ》だってことがわかるように、本堂《ほんどう》も写真に入れて！」

そういわれて、ぼくは写真を撮《と》りつづけました。

男の人のうしろ姿ごしに、ちゃんと本堂が入るように、ズームアウトして、撮《さつ》影《えい》しました。

男の人が見えなくなると、女の子は、

「そこまででいいわ。」

といって、小さなため息をつきました。

ぼくはレンズをズームアップさせて、こんどはちょびひげの男を撮影《さつえい》しつづけながら、たずねました。

「残っているあの人も、写しつづけますか。」

「もうじゅうぶんよ。ありがとう。」

そういわれて、ようやくぼくはシャッターから指をはなしました。

それから、ちょびひげの男は腕時計《うでどけい》を見ました。そのあと、たぶん一分か二分して、ちょびひげの男も帰っていきました。

女の子は立ちあがって、いいました。

「撮《と》った写真、見せて。」

ぼくも立ちあがり、カメラをわたして、撮影した写真を液晶《えきしょう》画面《がめん》で見るやりかたを教えました。

女の子は一枚《まい》一枚、ゆっくりと見ていき、最後まで見てしまうと、もう一度最初から見はじめ、

「これ、七枚目《まいめ》、八枚目……。それから、十七枚目……。二十四枚目……。」

とつぶやきました。

そして、最後までいくと、さらにもう一度、最初から最後まで見てから、ぼくにいいました。

「七枚目と八枚目。それから、二十四枚目と、ずっととんで、帰っていく男のうしろ姿《すがた》が写っている、ええと、八十七枚目だったかな、そこから九十枚目までの四枚。合計七枚、プリントアウトしてもらえるかな。」

「わかりました。プリントアウトしたら、どうすればいいんですか。」

ぼくがたずねると、女の子は、

「めんどうかけて、悪いんだけど、市役所広場にある東亜《とうあ》新聞の支社《ししゃ》に送ってほしいんだ。住所、わかるかな。」

といった。

「住所くらい、しらべればいいし、ぼくが自分で持っていってもいいし。でも、新聞社に送るなら、プリントアウトしたものじゃなくて、写真をＵＳＢにコピーして、そっくり送ったら、今写したの、ぜんぶ送れちゃいますよ。」

ぼくがそういうと、女の子はきびしい顔つきで、首をふった。

「それはだめ！　新聞社の人が送られてきたものを見て、それがＵＳＢだったら、すぐにパソコンで見ないで、あとまわしにするかもしれない。そして、そのうち、忘《わす》れちゃうかもしれないでしょ。見た瞬間《しゅんかん》、あ、これは！　と思わせないと。そのためには、すぐに目にとびこんでくる写真がいいのよ。」

「あ、そういうことかあ。」

ぼくが納得《なっとく》していると、女の子はつづけていった。

「それから、写真は郵便《ゆうびん》で送るのよ。封筒《ふうとう》は新しいのを使って、それから手袋《てぶくろ》をして、写真や封筒に指紋《しもん》がつかないようにしないと。切手をはるときも、なめてはらずに、水でぬらしてはるのよ。わかった？　とにかく、送り主の痕跡《こんせき》を残しちゃだめ。あとで、めんどうなことにまきこまれないための用心よ。封筒《ふうとう》に宛《あ》て名《な》や住所を書くときも、定規《じょうぎ》を使って、筆跡《ひっせき》がわからないようにしてね。郵便《ゆうびん》を出すときも、郵便局じゃなくて、町のポストでね。べつに悪いことをするわけじゃないから、そこまですることないんだけど、用心に用心をかさねて、やってちょうだい。用紙代とか封筒代とか、郵便料金を出してあげられなくて、ごめんね。」

「そんなの、いいですけど。」

ぼくがそう答えると、女の子は、

「もう会えないだろうけど、これからも絵を描《か》きつづけてね。中学に行ったら、油絵《あぶらえ》をはじめるといいわ。ごめんね。いろいろたのんじゃって。」

といいました。

「もう会えないなら、写真撮《と》らせてください。できれば、ぼくとならんだやつ。このカメラ、液晶《えきしょう》が横に出て、前むきになるから、自撮《じど》りがしやすいんです。」

そういって、ぼくは女の子の返事も待たずに、液晶のむきをかえ、女の子のと

なりに立って、腕《うで》をのばし、カメラを自分たちのほうにむけました。

カメラはまだ連写《れんしゃ》モードになったままでしたから、何枚《なんまい》も写せました。

写真を撮《と》りおえると、ぼくは、

「だいじょうぶです。さっきの写真、ちゃんと東亜《とうあ》新聞の支社《ししゃ》に送ります。あした中には、ポストに入れます。」

と約束しました。

「それじゃあね。あなたと会えて、ほんとうによかった。」

女の子は最後にそういうと、林の奥《おく》にむかって歩いていき、やがて木立《こだち》の中に姿《すがた》を消しました。

約束どおり、ぼくは写真を東亜新聞の支社に送りました。そこまでその女の子にいわれたわけではありませんが、普通《ふつう》料金ではとどかないかもしれないと思い、切手は二百円分はっておきました。コンビニに行って、切手を買ったのですが、店員さんに袋《ふくろ》に入れてもらい、うちに帰ってから、軍手《ぐんて》をはめて作業しましたから、切手にも指紋《しもん》はついていないはずです。

　べつにそこまでやらなくても、どうせ、写真の出どころはわからないはずですが、やったのがぼくだとわかって、仕返《しかえ》しされてもいやですし。

なんのために、女の子が写真を新聞社の支社《ししゃ》に送らせたのか、ぼくは、うちに帰って、パソコンに写真をとりこんだとき、はっきりとわかりました。

　ちょびひげの男がわたした封筒《ふうとう》の中のものはお札《さつ》の束《たば》でした。つまり、ぼくが撮影《さつえい》したのは、ちょびひげ男がだれかにお金をわたしているところだったのです。

　ちょびひげの男がだれなのか、ぼくは見当《けんとう》がつきました。それで、インターネットで江野川《えのがわ》美術《びじゅつ》教室《きょうしつ》のホームページを見ると、その人の写真が出ていました。教室長と書いてありましたが、経営者《けいえいしゃ》のようです。

　しばらくして、市立美術館から手紙がきました。それは、少年少女絵画コンクールの審査委員長《しんさいいんちょう》がきゅうにかわることになったので、入賞作品の発表が一週間遅《おく》れるという知らせでした。

　ちょびひげの男からお金を受けとったのがだれなのか、それはわかりませんが、たぶん、審査に関係している人なのでしょう。若《わか》い人だったから、審査委員長で

はないでしょう。審査委員長《しんさいいんちょう》の秘書《ひしょ》みたいな人だったのかもしれません。ぼくにはわかりませんが、新聞社の人が見たら、「あ、これは！」と思いあたるくらいの人なのでしょう。

何日か前に通知がきて、ぼくは銅賞《どうしょう》をとりました。それから、中学生の部では、鳥井卓《とりいすぐる》さんが市長賞をとっていました。題名は、『紗香《さやか》の追憶《ついおく》』でした。たぶん、去年の『Sの思い出』のSは湘南《しょうなん》のSではなく、紗香のSだったのでしょう。

表彰式《ひょうしょうしき》で、ぼくはきっと鳥井卓さんに会えると思いますから、モデルがだれなのか、きいてみようと思います。

でも、きかなくても、あの子が紗香という名前だろうと見当はつきます。

追憶というからには、そうかんたんに会えるあいてではない、というか、亡《な》くなっているのだと思います。

あの子がこの世の人ではないことは、ぼくにはわかっています。だって、ふたりで撮《と》った写真ですが、あの子の姿《すがた》は写っておらず、ぼくのとなりは、背景《はいけい》の林でしたから。

それに、あとから考えれば、人形《にんぎょう》じゃないんだから、いつも白いジーンズに黄色いTシャツっていうのも、最初に会ってから十か月もたっていて、髪型《かみがた》も髪の長さも、ぜんぜんかわっていないのは、生きている女の子にしてはへんでした。

「出ると思うけど、写真に写るかどうか、それはわからないなあ。だけど、写してみないことには、わからないでしょ。」

あの子はそういっていました。自分が写真に写るかどうか、紗香《さやか》さんにもわからなかったのかもしれません。

「わたし、写真うつり、最悪なのよ。カメラがいやがって、写らないかも。」

ともいっていたから、写らないことを知っていたのでしょうか。

けれども、静観寺《せいかんじ》の幽霊《ゆうれい》について、

「出ると思うけど、」

という言い方はどうでしょうか。

出るにきまっているし、そういったときすでに出ていたのですから……。

そこまで話すと、横田《よこた》くんというその男の子は口をとざした。そして、わたしの顔を見て、

「これで終わりです。」

といった。

「それで、その鳥井《とりい》さんという中学生の部の市長賞の人には、もう会ったのですか？」

わたしがたずねると、少年は、

「まだです。授賞式《じゅしょうしき》も予定より遅《おく》れていて、来週の日曜日なんです。授賞式に絵も見せてもらえますから、あの女の子が紗香《さやか》さんかどうか、はっきりします。そうしたら、またここに知らせにきます。」

といって立ちあがった。

それから、

「話をきいてもらって、どうもありがとう。」

といってから、こういいたした。

「授賞式《じゅしょうしき》のとき、ぼく、カメラを持っていくつもりです。表彰状《ひょうしょうじょう》を持った自分のことも撮影《さつえい》しちゃいますが、目的はそれではありません。鳥井《とりい》さんという人にたのんで、『紗香《さやか》の追憶《ついおく》』を写真に撮《と》らせてもらうのです。」

「横田《よこた》くんは、自分の体験を鳥井さんにいうのですか。」

わたしの問いに、横田くんは首をふりました。

「いいえ。いいません。生きているときの紗香さんとの思い出は、きっと、鳥井さん、たくさんあると思うんです。くやしいから、幽霊《ゆうれい》の紗香さんとの思い出は、ぼくがひとりじめします。ここでしゃべっちゃったけど。」

横田くんはそういうと、もう一度わたしに礼《れい》をいって、帰っていった。

三 アリスのうさぎ

六月の終わりごろ、いかにも梅雨時《つゆどき》らしい小雨《こさめ》のふる午後、横田圭《よこたけい》くんは『紗香《さやか》の追憶《ついおく》』の写真をわたしに見せにきた。

それは葉書《はがき》サイズの写真で、ラミネートフィルム加工されていた。持ちあるいているうちに、汚《よご》れたり傷《きず》ついたりしないようにするためだろう。

これはわたしの個人的《こじんてき》な意見だが、日本人が描《か》く油絵《あぶらえ》というのは、茶色が多く、色がいまひとつはっきりしない。その点《てん》、『紗香の追憶』は色があざやかで、デッサンもくるいがなく、『Sの思い出』について、横田くんがいっていたように、描かれている女の子は、なにか不思議なものを見ているような目をしていた。そして、きりっとむすんだ口もとには、強い意志《いし》があらわれているように思えた。

絵の中の紗香さんは、黄色いTシャツに白いジーンズで、うしろには、なにも描かれていない。マネの作品に、立って笛《ふえ》を吹《ふ》いている少年の絵があるが、あんな感じのバックなのだ。

「なるほど、これはいい絵ですね。」

わたしがほめると、横田《よこた》くんは、

「そうなんですよ。鳥井《とりい》さん、来年高校なんだって。いつかは芸大《げいだい》かなあ。」

といった。

「芸大って?」

「知りませんか。東京芸術大学《とうきょうげいじゅつだいがく》。できれば、ぼくも入りたいと思って。」

「へえ……。」

小学生のうちにもう、将来《しょうらい》行きたい大学があるなんて、わたしには考えられなかった。高校のときの成績《せいせき》がまあまあで、たいした勉強もしないで私立《しりつ》の一流半くらいの大学の法学部に入学し、べつに弁護士《べんごし》とかをめざすわけでもなく、ずるずる四年間勉強しているふりだけしていたら、人が名前を知っているような建設《けんせつ》会社に就職《しゅうしょく》がきまり、まあ、人生こんなもんだなと思っていたら、ぜんぜんそんなものではなかった自分としては、皮肉《ひにく》ではなく、横田くんのことをりっぱだと思った。

「じゃあ、鳥井《とりい》さんと会って、話をしたんだね。」

わたしがたずねると、横田《よこた》くんは、

「絵の写真を撮《と》らせてもらっただけで、たいして話はしませんでしたけど。モデルの名前だけはききました。」

といった。

「紗香《さやか》さんの苗字《みょうじ》?」

「そうです。紗香さん、仁科紗香《にしなさやか》さんっていうそうです。ニシナって、わかります?ジンっていう字に、理科の科。」

わたしは笑って、

「わかるよ、それくらい。」

と答えてから、きいてみた。

「仁科紗香さんのことは、それ以上きかなかったの?」

「こちらからはきかなかったけれど、鳥井さんの同級生で、やっぱり……。」

横田くんがいいよどんだので、わたしは、

「亡《な》くなっていたってことかな。」

といった。

「はい。でも、いつ、どうして死んだかは、ききませんでした。鳥井《とりい》さんもいわなかったし。それで、『ぼくはもう一生、女の人のモデルはいらない。』なんていってました。」

「へえ、そうなの。それで、きみの絵の写真はないの？」

わたしがそういうと、横田くんは、

「ぼくのは、少年少女絵画コンクールを見にいってください。来月ですから、もうすぐです。」

といって、帰っていった。

七月になった。少年少女絵画コンクールはまだはじまっていなかった。コンクールのポスターは図書館にもはってあった。初日は七月の第二金曜日なのだ。

気象庁《きしょうちょう》はまだ梅雨明《つゆあ》け宣言《せんげん》をしていなかったが、三日ほど晴天《せいてん》の日がつづいていた。

そんなわけで、日差《ひざ》しが強いせいか、町のお母さんたちも、子どもといっしょに家にひっこんでいるらしく、正午から二時までのあいだ、児童読書相談《じどうどくしょそうだん》コーナーにきたのは、ひとりだけだった。いつもは幼稚園生《ようちえんせい》の女の子をつれてくるのだが、その日はひとりできた。べつに読書の相談をしにきたわけではなく、『不思議の国のアリス』の話をして、帰っていった。

それじゃあ、午後は『不思議の国のアリス』でも読んでみようかと、わたしが何種類かの『不思議の国のアリス』を書架《しょか》から持ってきて、カウンターの上におき、そのうちの一冊《さつ》を読みだしたときだった。通りかかった女の子がカウンターの上をのぞいて、立ちどまった。そして、カウンターの上の天井《てんじょう》からさがっている〈児童読書相談コーナー〉という看板《かんばん》を見あげた。

「ふうん。」

女の子はそういってから、わたしの顔を見た。

わたしは、小学生の学年がよくあたるようになっていた。

五年生くらいだろう。

その子はわたしの顔からカウンターの上の本に視線《しせん》をうつし、それからもう一度わたしを見ていった。

「おじさん。アリス、好きなの？」

「べつに、すごく好きってこともないけど、いい本だとは思います。」

わたしがそう答えると、その子は、

「わたしは好き！」

と宣言《せんげん》するようにいって、カウンターの席にすわった。

なんだか物怖《ものお》じしない子だなあと思っていると、その子は、

「わたし、松島朱里《まつしまあかり》っていうんだけど、名前、惜《お》しいと思ってるんだ。だって、アカリにはアもリも入っているでしょ。カをスにかえて、文字をならびかえれば、アリスになるじゃない。」

といった。

「あかりさんのあかりって、どんな字を書くんですか。」

わたしがたずねると、松島朱里と名のったその子は、

「朱色《しゅいろ》の朱《しゅ》に、サトっていう字。それ、あっちこっちできかれるのよね。どうせなら、

かたかなでアカリにしてくれれば、ちょっとはアリスに似《に》てくるし、字を答えるときだって、かんたんよ。『かたかなです。』っていえばいいんだから。」

と不服《ふふく》そうに答えた。

それから、松島朱里《まつしまあかり》さんは、

「『不思議の国のアリス』っていったって、ディズニーの絵本だけじゃなくて、それも読んだよ。」

といって、カウンターの上にあった文庫本を指さした。そして、

「ディズニーのＤＶＤも持ってるけど。」

と、ついでのようにいいたした。

「読んでるだけじゃないよ。アリスと同じような体験だってしてるし。わたし、日本のアリスっていわれてもいいくらいよ。友だちなんて、みんな、わたしのこと、朱《あか》里《り》って呼《よ》ばないで、アリスっていうしね。」

気の強そうな子だし、アリスと呼ばれているというより、そう呼ばせているんじゃないだろうかと、わたしはそう思ったが、もちろんそんなことは口に出さない。

それより、アリスと同じような体験とはなんだろう。そっちのほうが気になった。

でも、こういう子は、こちらから、

「アリスと同じような体験って、どんな？」

ときくと、

「知らない。知りたいんだったら、こんど教えてあげてもいいけど、きょうはだめ。」

なんて、いかにもいいそうだ。

そういう子が小学校の同級生にいた。

それで、わたしは気がなさそうに、

「なるほど……。」

とだけいった。

すると、松島朱里《まつしまあかり》さんは、ほんのすこしほほをふくらませ、

「わたしの体験、ききたくないの？」

といった。

作戦は成功《せいこう》だ。でも、ダメ押《お》しをもうひとつ。

「不思議な夢《ゆめ》って、みんな、見ますからねえ。」

「みんな見るって？　わたしのはそんなんじゃないよ。それに、夢じゃないし。」

おもしろいように、こちらのペースになってきてしまい、わたしはなんだかおかしくなってきた。けれども、笑いだしそうになるのをこらえて、さらに無関心《むかんしん》をよそおい、

「そうですか。」

といった。

「そうだよ。ほんとは、もしかすると夢だったかなって、そう思うこともあるけど、あんなはっきりした夢、見るかなあ。それに、夢だったら、眠《ねむ》ってから見るわけでしょ。あのとき、わたし眠ったおぼえ、ないんだよねえ。だって……。」

といって、松島朱里《まつしまあかり》さんは勝手に話しはじめた。


去年の秋にさ。友だち三人と、鷹背山《たかせさん》にピクニックっていうか、ハイキングに行ったんだ。このごろもう、はやんなくなったけど、山ガールってやつ。

ここからだと、電車二回乗りかえて、鷹背山口《たかせさんぐち》っていう駅でおりると、ロープウェイがあるじゃない。ロープウェイがあるような山で、山ガールなんていったって、笑われるよね。でも、どうせ遊びだから。

あ、そうだ。これ、いっとかないと。わたし、四年生のときからずっと飼育係《しいくがかり》やってるんだ。学校でウサギとモルモット飼《か》ってるんだよ。知ってる？ ウサギって、ウサギどうしだとけんかするのに、モルモットとは仲《なか》がいいんだ。ま、そんなこと、どうでもいいけど。

で、学校の飼育小屋にはウサギが一ぴきだけいて、名前がぴょん助《すけ》っていうんだ。もちろん、わたしがつけたわけじゃないよ。だれか、先生がつけたんだと思うけど、ぴょん助ってねえ。どういうセンスしてたら、ウサギにぴょん助っていう名前つけるんだろう。

ぴょん助は灰色《はいいろ》のウサギで、けっこう大きいんだ。ネコなんかより大きいよ。

それで、話、もどすと、三人で鷹背山《たかせさん》に山ガールしにいって、ロープウェイに乗って、おりたところにあった茶店《ちゃみせ》みたいなところで、鷹背《たかせ》そばっていう名物のおそばを食べたのよ。

ユズハが日本そば、好きなんだよ。まるでおじさんだよ。それで、ユズハが鷹《たか》背山《せさん》に行って、名物の鷹背そば食べようっていいだしたのが、ハイキングのきっかけだったんだ。

あ、ユズハっていうの、友だちの名前。もうひとりは、アヤノっていうんだ。アヤノは背《せ》がでかくって、ときどき中学生とまちがえられる。

もちろん、おそばだけじゃ、夕方までもたないから、わたしたちはそれぞれ、お弁当《べんとう》、持っていったんだ。

うちはさ、けっこう親が面倒見《めんどうみ》いいから、そういうとき、母親がお弁当作ってくれるんだ。鷹背山に行くっていったら、おにぎりと卵焼《たまごや》きを作ってくれた。

鷹背そばを食べたのが、午前十時半だった。おひる近くになると、店が混《こ》むからって、ユズハがそういったんだよ。それで、その時間に、おそば食べるようにプランニングしてたってわけ。

ユズハのプランだと、持っていったお弁当は午後二時くらいに食べようってことになっていた。山頂《さんちょう》の見晴《みは》らしのいい場所で食べようってことなんだけど、そこって、やっぱりおひるごろは混《こ》んでいて、二時をすぎると、だんだん人が減《へ》るらしいんだよね。

それでね。鷹背《たかせ》そばを食べて、そこからケーブルカーに乗りついで鷹背山《たかせさん》の中《ちゅう》腹《ふく》まで行こうってことになったとき、アヤノがさ、ダイエットにいいから、ケーブルカーやめて、歩いていこうっていいだしたんだ。

「どうする?」

って、ユズハがいうから、わたしは、

「やだよ。」

って答えた。

わたし、そこまで山ガールやる気ないし、だいいち、プランとちがうじゃない。

「半分までロープウェイとケーブルカー。あと半分は歩いてってことだから、つきあったんだよ。プランどおりにやろうよ。」

わたしはそういったけど、じつは、おそばだけ食べてもう帰ろうっていうプラン変更《へんこう》なら、賛成《さんせい》したかも。っていうか、絶対《ぜったい》賛成した。

アヤノってさ、いい子なんだけど、いいだしたら、きかないとこあるんだよね。

それ、ユズハも知っているから、ユズハ、こまっちゃって、わたしにこういったんだ。

「じゃあ、悪いけど、ほんと、すごく悪いけど、アリスはさきにケーブルカーで行っててよ。わたし、アヤノといっしょに、歩いてのぼるから。だって、アヤノひとり、歩いていかせるわけにいかないだろ。」

そのとき、もしアヤノが、

「わがままいって悪いけど、アリスも、歩くのつきあってよ。」

とかいってたら、きっとわたし、

「しょうがないなあ。」

とかいって、つきあってたと思う。

でも、アヤノ、プラン変更《へんこう》があたりまえみたいに、

「歩いたほうが気持ちいいよ。」

なんていうんだよ。

ハーハー、ゼーゼーいいながら、山のぼって、どこが気持ちいいんだよ、って話だよ、まったく！

「じゃあ、ふたりで山ん中で、気持ちよがってきなよ。わたし、さきにいくから。」

わたし、そういって、ケーブルカーの乗り場のほうに歩きだした。そしたら、ユズハがうしろから、

「アリスーッ！　ケーブルカー、おりたところで待ってないとだよ。そこからさき、ひとりで行っちゃ、だめだからね。三十分くらいで、追いつくからねーっ！」

って。

あたしはふりむきもしないで、三十分で追いつくわけないだろって思いながら、すたすた歩いていったんだ。

また、運《うん》がいいっていうか、なんていうか、わたしが乗り場に行ったら、ちょうどケーブルカーが発車するところだった。

ケーブルカーって、たった五分だよ。

これなら、歩いたって、やっぱり三十分くらいかなと思った。

だけど、ケーブルカーをおりたところにあった地図だと、ケーブルカー乗り場からそこまで、歩いてのぼると、一時間なんだって。

たしかに、道はケーブルカーとちがって、まっすぐじゃないどころか、くねくねまがってるだろうし、のぼりだと一時間くらいかかるかもだよね。くだりだと四十五分って書いてあった。

一時間マイナス五分で、これはあと五十五分はこないなと、わたしは思った。五十五分、どうしてようかなって、そう思ったとき、足もとをなにかがかすめ通ったんだよ。

なんだろうと思って見ると、ウサギだった。茶色いの。

それが、けっこうでかくて、ぴょん助《すけ》より大きかったよ。

地図のすぐそばに、細い道があって、その道、やぶの中に入っていくんだけど、ウサギはその道にかけこんだのよ。

なんだか、わたし、うれしくなって、だって、そのシチュエーション、アリスだよね。

もちろん、わたしはウサギを追いかけたよ。だけど、ウサギって、足、すごく速いんだよ。だから、すぐに見失《みうしな》うと思うよね。

わたしだって、そう思ったよ。見失ったら、もどってくればいいんだし、アリス気分で、気楽《きらく》にウサギを追いかけたってわけ。

でも、そのウサギ、ちょっと走ると、立ちどまって、ふりむくんだ。まるで、わたしが追いつくのを待ってるみたいに。それで、追いつきそうになると、また走りだすんだ。そんなこと、何回かくりかえしてたら、やぶの奥《おく》に入っちゃうでしょ。でも、そこ、細いけど、道だったから、帰ろうと思えば、かんたんだし、時間はまだたっぷりあったしってことで、わたしはウサギを追いかけつづけた。

やぶが一度小さな林になって、それでその林が終わって、空がひらけたとき、そのウサギ、また立ちどまって、こんどはこちらを見ずに、空を見あげたのよ。たぶん、そのとき、わたしとウサギの距離《きょり》は五、六メートルってとこだったと

思う。

わたしも、ウサギが見ているほうを見あげた。

そうしたら、ワシだかタカだか知らないけど、すごく大きい鳥が空をくるくるまわっているんだ。

「なんだ、あれ……。」

なんて、わたしがひとりごとをいってると、その鳥がいきなり急降下《きゅうこうか》してきたんだよ。

ほんと、びっくりだよ。

あ、ウサギをねらってるんだ、とわたしがそう思った瞬間《しゅんかん》、ウサギ自身もそれに気づいたらしく、いっきに走りだした。

学校でウサギ飼《か》ってるし、こうなったら、わたし、ウサギの味方《みかた》だよ。

あたりを見まわして、投げるのにちょうどいい大きさの石を三つひろって、ふたつを左手に、もうひとつを右手に持って、わたしは身がまえた。

ところが、その鳥、どういうわけか、ウサギじゃなくて、わたしのほうに急降

下してくるみたいなんだ。

最初は、急降《きゅうこう》下《か》してくるみたいだったけど、すぐに、〈みたい〉、じゃなくて、〈急降下してくる〉ってことがわかった。

ウサギはもう、どこかに逃《に》げちゃってたし、鳥はウサギが逃げたほうじゃなくて、わたしにむかってつっこんできてるんだ。

逃げるウサギの応援《おうえん》だったら、してやってもいいけど、こっちにむかってくるんじゃ、石なんか投げてる場合じゃない。

わたし、石をほうりだして、走ったよ。

あんなところ、走ったら、つまづかないはずないよね。

もちろん、わたし、つまづいて、ころんだ。

だけど、それがかえってよかったみたいで、ころんだわたしの頭をかすめて、鳥が空にあがっていった。

もし、ころんでいなかったら、頭、ガツンとやられていたと思う。

ころんだあと、立ちあがろうとして、腕《うで》立《た》てふせみたいなかっこうになって、飛んでいく鳥を見たら、なんていうか、それ、本物の鳥じゃないみたいなんだよね。

わたしがそう思ったのが正解《せいかい》だってことは、その鳥がもう一度急降下《きゅうこうか》してきたときにわかった。

わたし、立ちあがってから、そのままぼうっとつっ立っていたわけじゃなくて、とにかく林の中に逃《に》げようと思って、走ったんだ。それで、ちょうど林に入ったところで、ふりむくと、急降下してきた鳥が翼《つばさ》を大きくひろげて、着地したところだった。

そのとき、わたしはしっかり見て、わかった。

それ、やっぱり本物の鳥じゃないんだ。藁《わら》でできた鳥だったんだよ。

頭も胴体《どうたい》も顔も、ぜんぶ藁なんだ。

顔をわたしのほうにむけたとき、しっかり見えた。

顔には目がなくて、くちばしも藁《わら》でできているんだ。

なんだか、鳥っていうより、藁でできている鳥の着ぐるみみたいだった。

大きさは、人間のおとなくらいはあったと思う。

それだけ大きければ、本物の鳥だってこわいけど、藁《わら》でできていて、しかも、飛んだりするにせものの鳥だったら、別《べつ》の意味で、もっとこわい！

わたしは、林の中であとずさりをした。

もし、わたしにもうちょっと根性《こんじょう》があれば、適当《てきとう》な木の枝《えだ》をひろって、そいつと対決《たいけつ》していたと思う。

よく考えれば、くちばしが藁《わら》なら、つめだって、藁のはずなんだ。棒《ぼう》でめった打《う》ちにしてやれば、ぼろぼろになるにきまってる。

でも、そういうのって、あとで気づくことで、こわくなったら、こわいことが先行しちゃって、頭が働かなくなるんだと思う。よく、パニックにおちいることをパニくるっていうでしょ。そのとき、わたし、百パー、パニくっちゃって、林の中を走って逃《に》げたんだよ。

そうしたらさ、そいつ、あきらめないで、だけど、林の中だとうまく飛べないから、歩いてっていうか、走って追っかけてくるんだよ。

鳥が走るのなんて、しかも、本物じゃなくて、藁《わら》の鳥が走るのなんて、そんなに速くはないと思うじゃない。

でも、それがそうじゃないんだよ。

ときどき、翼《つばさ》を半開きにして、はねあがったり、走ったりして、追いかけてくるんだ。

ふりむいたってしょうがないんだけど、ときどきふりむくと、見るたびに距離《きょり》がつまってきてるんだよ。

どこをどう逃《に》げたかなんて、おぼえてないよ。

どれくらいの時間、逃げたのかも、おぼえてない。

林が終わったところが、ちょうど崖《がけ》の下になっていた。

かんたんにいうと、追いつめられたってこと。

でも、その崖に、子どもだったら、もぐりこめるくらいの穴《あな》があったんだ。

あれこれ考えているひまなんかないよ。

うしろを見ると、藁《わら》をたばねたひもまで、はっきりわかるくらいのところに、藁の鳥がせまってきていたから。

わたしはその穴《あな》の中にもぐりこむしかなかった。

心配だったのは、その穴にあまり奥《おく》ゆきがないことだった。

逃《に》げこみました、だけど、一メートルで終わってしまいましたじゃ、どうしようもないよね。

でも、その穴、中に入ると、けっこう大きいっていうか、広いっていうか、外からの光がとどく範囲《はんい》じゃあ、終わってないんだ。

天井《てんじょう》もそんなに低くなくて、穴にもぐりこむと、わたしは立ちあがれた。そして、その先は暗くて見えないというところまで、入っていった。

鳥は暗いところが苦手だっていうし、暗闇《くらやみ》にまぎれてしまえば、もうだいじょうぶだと思った。

でも、よく考えれば、その鳥、目がないんだから、暗闇が苦手とか、そういうこと、ないはずだよね。

見ていると、穴、っていうか、洞窟《どうくつ》っていったほうがいいから、そういうけど、洞窟の出入り口に鳥のシルエットがあらわれた。

体を左右にかたむけて、翼《つばさ》をちょっと広げてみたりして、どうやら、こっちをのぞきこんでいるようすだった。

はっきり断言《だんげん》はできないけど、その鳥、五分か十分くらい、そこにいたと思う。でも、そのうち、あきらめたらしく、どこかに行ってしまった。

けれども、それは罠《わな》かもしれない。

立ち去ったふりをして、近くにひそんでいるかもしれない。

そう思って、わたし、すぐに出ようとしないで、その場でじっとしていた。

そのときになって、わたしはようやく、すごくだいじなことに気づいた。

その気づきかたが、ばかばかしいんだけど、わたし、暗いから懐中電灯《かいちゅうでんとう》があったらよかったのにって、まずそう思ったわけ。懐中電灯なんて持ってなかったけど、それにかわるものがリュックに入っていることを思い出したんだよ。

スマホ!

スマホがリュックに入っていた。

わたしのじゃなくて、母親のだけど、ハイキングに行くなら、なんかのときのために、持っていけって、そういわれて、リュックの中にいれたんだ。

スマホって懐中電灯《かいちゅうでんとう》になるじゃない。

そう思ったとき、ようやくわたしは、スマホがあるなら、一一〇《ひゃくとお》番通報《ばんつうほう》すればいいってことに気づいた。

ママはなくしたときのために、スマホの位置がわかるようにセッティングしていたから、こっちで場所がわからなくても、電話会社とか警察《けいさつ》は場所をしらべてくれる。

わたしはスマホをリュックから出した。

でも、そこって、洞窟《どうくつ》の中じゃない。懐中電灯の機能《きのう》は使えても、電話は圏外《けんがい》で無理。それで、わたし、ゆっくりと洞窟の出入り口に近づいていき、近づきながら、液晶画面《えきしょうがめん》をのぞきこんだ。

ママのスマホって、電波状態《でんぱじょうたい》が五つの丸で表示《ひょうじ》されていて、圏内《けんない》になると、それが画面にあらわれるしくみなんだ。

けっこう出入り口に近づいたとき、ひとつ丸が出た。

ひとつつけば、あとはたちまち五つならぶはずだ。

わたしはもう一歩、出入り口に近づいた。

連続して、丸があと四つ出て、五つになった。

「よしっ！」

って、声にだしていってから、わたしは一一〇番通報《ひゃくとおばんつうほう》しようとした……。

でも、そのとき、ザザザッって音がして、出入り口の上のほうの土がくずれはじめたんだよ。

そこにいるかどうかわからない、藁《わら》の鳥のことなんか考えずに、すぐにとびだすべきだったかもしれないけど、わたし、迷《まよ》っちゃったんだよね。

どうしようと思っているうちに、出入り口の天井《てんじょう》がくずれおちて、あたりは真っ暗。

スマホの丸も、ぜんぶ消えちゃったんだ。

わたしはスマホの懐中電灯機能《かいちゅうでんとうきのう》を使って、足もとを照らしながら、出口っていうか、出口があったほうに歩いていった。だけど、土や石がいっぱいつもっちゃっていて、山もりになった土砂《どしゃ》を掘《ほ》っても、外に出られそうになかった。

もちろん、わたし、ちょっとは掘ってみたけど、すぐにやめたんだ。だって、そこにいたら、いつまた天井《てんじょう》がくずれてくるかわからないでしょ。

だから、わたし、出口とは反対の洞窟《どうくつ》の奥《おく》のほうに、スマホの懐中電灯《かいちゅうでんとう》で足もとを照らしながら、ゆっくり歩いていったのよ。

そうしたら、とちゅう、道が左右にわかれているところにきちゃって、どっちにいこうか迷《まよ》ったけど、右に行くことにしたの。べつに右にする理由はなかったけど、どっちかに行くしかないなら、どっちかを選ばなきゃならないから、そうしただけ。

だけど、ちょっと進んだら、また左右にわかれているところに出ちゃって、こんどもまた、わたしは右を選んだ。そのときは、右を選んだ理由がある。ずっと右を選んでいれば、どっちにまがったかおぼえていられるからよ。

つぎのわかれ道でも右を選んだ。そうやって、右ばかり選んでいれば、もとの方向にもどって、崖下《がけした》のどこかの出口に行けるような気もしたし。

わたし、右にまがった回数もおぼえるようにした。それで、五回目にまがったとき、先のほうで、石ころが落ちるような音がしたのよ。

それで、わたし、そっちのほうにスマホの懐中電灯《かいちゅうでんとう》の光をあてた。

そしたら、そこに、ウサギがいたの。

暗闇《くらやみ》の中で、懐中電灯の光で見ただけだから、はっきりとはわからなかったけれど、それ、茶色っぽくて大きかったから、さっきのウサギだと思った。

ウサギはじっとこっちを見ていた。それで、スマホの懐中電灯で、ウサギと自分の足もとを順番に照らしながら、ウサギに近づいていったの。だけど、あと一メートルくらいってとこで、ウサギはぴょんとはねて、奥《おく》のほうに行こうとするの。

わたし、ウサギについていった。

ウサギは、距離《きょり》がはなれると、一メートルくらいに近づくまで、わたしを待っていて、それからまた、ぴょんとはねて、奥に行くのよ。

わたし、ウサギに案内されるみたいに、どんどん洞窟《どうくつ》の道を進んだの。

とちゅうでスマホの時計を見たら、ケーブルカーをおりてから、一時間以上たっていた。

そんなに時間がたっているようには思えなかったけど、そういうときって、時間の感覚《かんかく》がへんになっているんだと思う。

ユズハとアヤノは、もうケーブルカーの駅にきているだろうな、と思ったけれど、なにしろ、スマホが圏外《けんがい》だから、連絡《れんらく》しようもないでしょ。

わたしにできることは、ウサギについていくことだけ。

でも、そうやって、ウサギについていくにつれて、道っていうか、穴《あな》がだんだんせまくなってきて、もう立っては歩けなくなってきたの。それで、ウサギと同じ、よつんばいで行くしかなくて、ときどき、背中《せなか》のリュックが天井《てんじょう》をこすって、上からぎゅっと押《お》されるみたいになっちゃって、そのとき、リュックの中のおにぎり、つぶれちゃうだろうなあなんて、どうでもいいようなことが頭をよぎったりしてさ。なんだか、へんよね。

よつんばいっていったって、手にはスマホを持っているわけだから、なんていうの、そういうの。ほら、自衛隊《じえいたい》の人が訓練《くんれん》でするやつ、あ、ほふく前進とかいうの、あれよ。

そうやって、なんとかウサギのあとについていくと、ウサギが止まって、ふりむいたきり、先に進もうとしなくなったの。

だから、わたし、ウサギのすぐそばまで行って、先のほうをスマホの懐中電灯《かいちゅうでんとう》で照らしてみたら、もうその先はないのよ。

行き止まり！

そういうときって、ひとりごとが出ちゃうのね。ひとりごとっていうか、ウサギに話しかけちゃうみたいに、

「なんだよ。どうするんだよ……。」

って。

そしたら、ウサギがつきあたりの土のかべを前足で掘《ほ》りはじめたの。

だから、わたし、ウサギとならんで、同じように土を掘った。そしたら、そんなに何回も掘らないうちに、手がつきぬけて、わっと光が入ってきた。

穴《あな》があいたのよ。

その穴《あな》にもぐるようにして、ウサギが外に出ていったから、わたしも、土をかきわけて、穴から顔を出した。

まず、上を見た。そしたら、空が見えた。

つぎに下を見た。そしたら、そこはけっこう急な斜面《しゃめん》だった。学校の屋上《おくじょう》から下を見たときくらいのところに、道が見えた。

ウサギはどこにも見えなかった。

とにかく、穴からはいださなきゃと思って、胸《むね》のあたりまで外に出たとき、おなかの下の地面がくずれて、わたし、そのまま、急な斜面をころげ落ちていったの。

おぼえているのは、そこまで。

ころがりながら、頭をどこかに打ったみたいで、気絶《きぜつ》しちゃったらしいんだ。

「きみ、しっかりしなさい！」

っていう声で目をさますっていうか、正気《しょうき》にかえると、帽子《ぼうし》をかぶった男の人がわたしの顔をのぞきこんでいたの。

どこかで、ユズハの声がした。

「よかった。目をさましたみたい！」

あたりは暗くなりかけていたから、夕方になってるんだって思った。

けっきょく、わたしは林道《りんどう》でたおれているところを発見されて、助かったってわけ。

救急車《きゅうきゅうしゃ》がきて、病院につれていかれて、親がきて、おまわりさんにいろいろきかれたんだけど、そのときはもう、わたし、いろいろと考えることができるようになっていたから、藁《わら》の鳥におそわれて、洞窟《どうくつ》に逃《に》げこんで、ウサギについていったら、外に出られた、なんていうことはいわずに、友だちを待っているうちに、退屈《たいくつ》になって、そのへんを歩いているうちに、足をふみはずして、下に落ちたみたい、なんていっておいた。

わたしが見つかった場所は、ケーブルカーの駅からそんなに遠くなかったらしくて、おまわりさん、信じたみたい。

病院に一泊《ぱく》して、それでうちに帰ることができて、事件《じけん》はおしまい。

つぎの土曜日、わたし、ひとりで鷹背山《たかせさん》のケーブルカーの駅のそばをしらべに行ったんだけど、藁《わら》の鳥におそわれたのがどのへんだったか、もうわからなかったし、わたしがたおれていた場所もわからなかった。

警察《けいさつ》に行って、わたしが見つかった場所をきけば、教えてくれるだろうけど、

「わたし、どこでたおれてました？」

なんて、おまわりさんにきくの、なんだかなあ……って思って、しらべるの、やめちゃった。

命が助かってよかったけど、それから、ユズハと、とくにアヤノとの仲《なか》がぎくしゃくしちゃってさ。

わたしがいなくなったものだから、ユズハが警察《けいさつ》に連絡《れんらく》したのよ。それで、ユズハもいろいろ話さなくちゃならなくなって、そうなると、アヤノが歩いて山をのぼっていいだしたこともしゃべることになって。そうすると、予定どおり、三人でケーブルカーに乗っていれば、そういうことはおこらなかったっていうことになっちゃうのよね。

べつに、アヤノが悪いってわけじゃないんだけど、うちの親がアヤノの親に文《もん》

句《く》いっちゃってさ。そういうのって、本人どうしが気まずくなるだけなのよね。ま、あとから思うと、わたし、アリスみたいな、ちょっとした冒険《ぼうけん》しちゃったわけだから、まあいいかって。

それで、アリスのこと、っていってもわたしのことじゃなくて、『不思議の国のアリス』のことだけど、書いた人、ルイス・キャロルっていうのよね。ルイス・キャロルって、どんな人だか知ってる？　大学の先生だったのよ。それで……。


そのあと、松島朱里《まつしまあかり》さんは、ルイス・キャロルのことをいろいろ話して、帰っていった。

じつをいうと、わたしは松島朱里さんの話をきいているときに、思い出したことがあった。

それは、昔のウサギ猟《りょう》のことだ。

藁《わら》で作った円盤《えんばん》、そうでなかったら、麦《むぎ》わら帽子《ぼうし》でウサギを獲《と》る方法があったというのを本で読んだことがあるのだ。

山でウサギを見つけると、藁《わら》の円盤を空に投げるのだそうだ。そうすると、ウサギはそれをタカだと思って、巣《す》に逃《に》げこむ。そうしたら、入り口を土や、冬なら雪でふさいでしまうのだ。それからしばらく待って、穴《あな》に手をつっこみ、ウサギをつかまえるのだという。

そんなことができるのかどうかわからないが、ひょっとして、昔はそんなこともあったかもしれない。

もちろんわたしは、松島朱里《まつしまあかり》さんに、

「きみが会ったウサギだけど、もしかして、猟師《りょうし》に巣穴《すあな》をふさがれてつかまったウサギの亡霊《ぼうれい》かもしれないね。自分がどんなにこわかったか、きみに伝えたかったのかもね。」

などと、よけいなことはいっていない。

四　白い着物

七月に入り、例年よりいくらか早く梅雨《つゆ》があけたころ、少年少女絵画コンクールがはじまり、初日の午前中にわたしは市立美術館《びじゅつかん》に見にいった。

市長賞の『紗香《さやか》の追憶《ついおく》』は写真で見て、どんな絵か知っていたが、やはり実物のほうがよかった。プロの画家が描《か》いたといっても、とおるだろう。

横田《よこた》圭《けい》くんの風景画《ふうけいが》も、なるほどデッサンがしっかりしていて、小学生ばなれした作品だった。

授賞式《じゅしょうしき》はすでに別《べつ》の日におこなわれていて、横田くんの姿《すがた》は会場になかった。

ひとわおりぜんぶの絵を見て、公園近くのハンバーガーショップで昼食をとってから、わたしは図書館に行った。

暑い日で、冷房《れいぼう》のきいた館内は快適《かいてき》だった。

エコということで、どこの市の図書館も、冷房の温度は高めに設定《せってい》しているのだが、七月に入ってすぐのころ、どこかの市の図書館の中で、熱中症《ねっちゅうしょう》で老人がたおれた事件《じけん》があり、わたしが働いている図書館では、設定《せってい》温度をすこしさげたのだ。

わたしが仕事場のカウンター席に行くと、すでにお客がひとりきていた。

わたしと同じくらいの年と思われる女性《じょせい》で、早く結婚《けっこん》して子どもを産んでいなければ、児童読書相談《じどうどくしょそうだん》コーナーに用事のあるような年齢《ねんれい》とは思えなかった。

カウンターの中に入って、

「子どもの本についての、ご相談ですか？」

とたずねると、その女性は立ちあがって答えた。

「ええ。そうなんです。貸《か》し出《だ》しカウンターでうかがったら、こちらはおひるからだということでしたので、待たせていただきました。」

わたしはその人に、すわるようにすすめ、自分も席についた。

このごろ、若《わか》い女の人は髪《かみ》を茶色っぽく染《そ》めている人が多いが、その人は黒い髪のショートカットだった。白い綿《めん》のブラウスがさわやかな印象《いんしょう》をあたえている。

「ええと、どんな……。」

と水をむけると、その人はいった。

「わたし、小学校の教師《きょうし》なんです。まだ二年目ですけど。きょうはほかの小学校で研《けん》究会《きゅうかい》があって……。」

高校を出てストレートで大学に入り、四年で卒業してすぐに先生になっていれば、わたしよりひとつ年上という計算になる。

小学校の先生が児童読書相談《じどうどくしょそうだん》コーナーに用事があるとすれば、生徒たちにすすめるか、読み聞かせをするための本についてのことだろう。

そう思いながら、話のつづきを待っていると、案《あん》の定《じょう》、その女性《じょせい》はこういった。

「小学校三年生の担任《たんにん》をしているのですけど、朝の読書会で使う本について、おうかがいしようと思って。朝の読書会っていっても、本をあたえて読ませても、なかなか読んでくれませんから、わたしが読み聞かせをしているというのが現状《げんじょう》なんですけど。」

小学校の先生なら、子どもの読書指導《しどう》については、いわば専門家《せんもんか》だ。こちらはアルバイトの相談員だし、あいての期待にそうのは無理ではないかと思い、わたしは、正《しょう》直《じき》にいっておいたほうがいいと思った。

「じつは、わたしは、アルバイトの相談員で、児童書について、そんなに知識《ちしき》があるわけではないのです。ですから、あまり高度なご相談ですと……。」

わたしがそういうと、その先生は、

「じつは、子どもたちがおばけの本を読んでほしいというのです。それで、小泉八雲《こいずみやくも》の『怪談《かいだん》』を読んだのですが、話が古くて、どうもピンとこないみたいなんです。『雪女』の結末《けつまつ》なんて、わたしも納得《なっとく》できないですし。」

と答えた。

それで、わたしが、

「納得できないとは？」

ときいてみると、その先生はいっきに答えた。

「だって、あの話に出てくる雪女って、夫《おっと》になった男の人にうらみがあったわけじゃあないでしょ。それなのに、ずっと前の、自分と出会ったときのことをしゃべったからって、しかも他人じゃなくて、自分にしゃべったからって、ふたりのあいだに生まれた何人もの子どもたちをおいて、どこかに行ってしまうなんて、ひどいじゃないですか。」

「なるほど、そういう考えかたもあるかもしれませんね。」

わたしがそういうと、先生は小さなため息をついた。

「まあ、だからというわけでもないのですが、現代《げんだい》作家の作品を使いたいと思うのです。舞台《ぶたい》が現代のほうが、生徒たちも、なじみやすいだろうし。でも、三年生の読み聞かせに使う本ですから、あまりむごたらしい話は不適《ふてき》です。ほら、今の怪談《かいだん》って、殺《ころ》された人の幽霊《ゆうれい》とかが多いでしょ。そういうのはちょっと……。」

たしかに怪談というのは、いやな話が多い。でも、なかには、そうでもない本も、あるにはある。

そこで、わたしが、

「いやな因縁話《いんねんばなし》が少ない本もありますが、そういうのは、あまりこわくないんですよね。たとえば……。」

といい、そういう本の名をあげると、その先生は、ハンドバッグから手帳《てちょう》をとりだし

た。そして、

「待ってください。今、書きとめますから。」

と、わたしがあげた本の名前をメモしようとしたので、わたしは、

「じゃあ、その本、あると思いますから、持ってきますよ。」

といって、立ちあがった。

わたしはすぐそばにある児童書の書架《しょか》から、目あての本を持ってきた。

それは三巻《かん》でシリーズになっている本の一巻目で、星協《せいきょう》学園に行っているあの中学生が読んだといっていた本だ。

仕事も四か月目に入ると、すこしはコツがわかるようになる。

子どもに本をすすめるとき、何冊《なんさつ》か同時にすすめるより、一冊だけにして、

「これがおもしろいよ。」

といったほうが、子どもたちは興味《きょうみ》をもつのだ。

何冊か持ってきて、

「こういうのなんか、どうかな。」

というすすめ方だと、どうも反応《はんのう》がよくない。

小中学生と教員では、若干《じゃっかん》ちがうかもしれないが、なにかをすすめるときは、あいてがおとなでも子どもでも、まずひとつ出し、それがだめなら、つぎのをというほうがいいのではないだろうか。

わたしが本をカウンターの上におき、席につくと、先生はいった。

「これ、借りていけますか。」

「もちろんです。お帰りのとき、貸《か》し出《だ》しカウンターに持っていって、手続きをなさってください。」

わたしがそういうと、先生は本の表紙を見ていった。

「あ、この作家なら、知っています。へえ、おばけの話も書くんだ……。」

それから、先生は本の表紙をめくり、もくじに目をとおすと、本を持って、

「どうもありがとうございます。それじゃあ、これ、借りていくことにします。」

といい、立ちあがりかけた。けれども、すぐにすわりなおし、いかにもいいにくそうにいった。

「あの……。おかしなことをきくとお思いかもしれませんけど、おばけとか幽霊《ゆうれい》とかって、ほんとうにいると思います?」

「さあ、どうでしょうか。見たという人はいるみたいですけど……。」

わたしがそう答えると、先生はすこし間《ま》をおいていった。

「でも、見たからといって、いるとはかぎらないのでは?」

「たしかにそうです。見えるからいる、見えないからいない、と、そういうものではないかもしれません。」

「そうですよね……。」

先生はそういって、二、三度、小さくうなずいたのだが、立ちあがろうとしないので、わたしは、

「なにか、不思議なことがあったりしたのですか。幽霊を見たとか?」

ときいてみた。

「ええ、まあ。でも、幽霊っていうのとも、ちょっとちがうような気がするんですが、じつは、そんなこともあって、子どもたちにおばけの本を読み聞かせするのに抵抗《ていこう》が

あるんです……。」

先生にそういわれて、わたしが、

「つまり、なにか不思議な体験をされたから、なんというか、おばけのことを、おもしろおかしくっていうか、興味本位《きょうみほんい》に生徒さんたちに話したり、読んで聞かせたりするのは、どうかと思うって、そういうことですか。」

とたずねると、先生はうなずいた。

「ええ、そういうことなんだと思います。じつは、わたし……。」

先生はそういうと、手にしていた本をカウンターの上にもどすと、なにかを思い出すように、天井《てんじょう》を一度見あげてから、本に視線《しせん》をもどして、話しだした。

わたしと同じ小学校に、同期《どうき》で入られた男性教師《だんせいきょうし》がいらっしゃるんです。かりにAさんということにしておくと、そのAさんは教員免許《めんきょ》を持っていらしたのですが、何年か一般企業《いっぱんきぎょう》で働いてらして、それから小学校の教師になられたのです。

勉強熱心なかたで、いろいろな研究会《けんきゅうかい》にもよく出席されているようで、そういう研究会で何度かお目にかかることもありました。

職場《しょくば》もいっしょで、職員室での席もとなりでしたから、研究会でも、よく話をいたしました。

夏休みに沖縄《おきなわ》で国語教育関係の研究会があり、わたしは行かなかったのですが、Ａさんはそれに出席されました。

夏休みが終わって、秋になり、同じ学区の小学校で算数の授業《じゅぎょう》の研究会があったものですから、行ってみると、休憩《きゅうけい》時間に、Ａさんが親《した》しそうにひとりの女性《じょせい》と話をしてらっしゃいました。

それは、やはり同じ学区の小学校の先生で、わたしも何度か顔を合わせたことがありましたが、話をしたことはありません。たぶん、わたしより、年齢《ねんれい》が二つか三つ上だと思います。同期《どうき》ですと、新採用《しんさいよう》の教員のパーティーのときに、市役所で会っているはずですから、わたしよりも先輩《せんぱい》のはずでした。

べつにわたしはＡさんのことをなんとも思っていませんでしたし、今でもそうです。顔だちもきれいだし、なにか相談すると、親身《しんみ》になって、話をしてくれますから、いいかただとは思いますが、男女の感情《かんじょう》とか、そういうのとはちがいます。ですから、Aさんがその先輩教師《せんぱいきょうし》と仲《なか》よくしていても、べつにやきもちをやくとか、そういうことはないどころか、なかなかお似合《にあ》いだなと思ったものです。

今もうしましたとおり、職員室《しょくいんしつ》で、わたしはAさんととなりの席でしたから、昼休みにAさんの携帯《けいたい》電話に電話がかかってくると、どうしても、話が耳に入ってしまいます。

夏休み以降《いこう》、Aさんによく電話がかかってきました。話の内容《ないよう》と、そのときAさんが口にする名前から、あいてがその人だということはわかりました。

ええと、たとえば、そのかたの名前を山田花子さんとすると、夏休みが終わったばかりのときは、Aさんはあいてを、

「山田先生。」

といっていたのに、しばらくすると、花子さんになり、お月見《つきみ》の季節のころには、花子というふうに、呼《よ》びすてになっていました。

むろん、そんなことでわたしはからかったりしませんでしたし、そういうことに気づいているそぶりも見せませんでした。

ところが、十一月に入ったある日、Aさんに、相談があるから、放課後《ほうかご》、ちょっとつきあってほしいといわれ、学校が終わってから、学校の近くのファミレスに行ったんです。

そうしたら、Aさんは、年が明けたら、結婚《けっこん》しようと思っているとおっしゃいました。それで、結婚式をしたいと思うのだけど、ふたりともそんなにお金があるわけではないし、できるだけ安くあげたいので、いろいろしらべてみると、冬だと格安《かくやす》で結婚式をしてくれるところが見つかったということなのです。

費用《ひよう》をきくと、五月とかのシーズンにくらべ、ほぼ半額《はんがく》らしいのです。

「だけど、冬の結婚式って、女性《じょせい》はどう思うのでしょうか。そのことを先生にききたくて。」

Aさんがそういうので、わたしは正直《しょうじき》に、

「わたしは寒いのがきらいだし、やっぱり、自分なら、春か秋がいいですけど。」

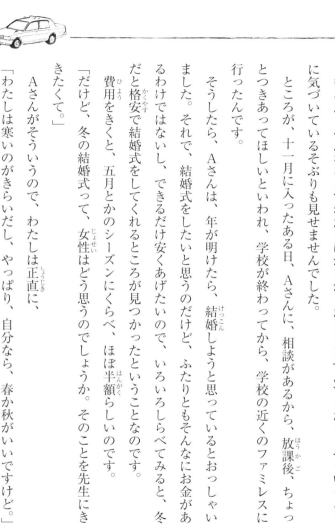

と答えてから、たずねました。

「だけど、あいてのかたはなんとおっしゃってるんですか。」

「もうお気づきかもしれませんが、」

といって、Aさんはあいての名前をおっしゃいました。

ええ、ここでは山田花子さんってことにしているお名前です。ですから、山田花子さんということにして、つづけますが、Aさんはこうおっしゃったのです。

「その結婚《けっこん》式場を見つけてきたのは花子さんで、式でお金を使うんだったら、そのあとの生活や新婚旅行で使ったほうがいいって、そういうんですよ。だけど、呼《よ》ばれるお客だって、冬の結婚式って、どうなんだって、そう思うかもしれないし。」

たしかに、真夏《まなつ》とか真冬《まふゆ》とかだと、お客のほうでも、着ていくものに困《こま》るかもしれないとは思いました。たとえば、パーティードレスなんか、真冬や真夏用にはできていませんからね。

でも、わたしは、職場《しょくば》は別《べつ》でも、あいての女性《じょせい》とは同業だし、のちのちあまり

気づまりになるのもいやですから、

「あいてのかたのご希望《きぼう》どおりになさるのがよいのではないでしょうか。いろいろお考えもあるでしょうし。」

といっておいたのです。つまり、無難《ぶなん》に答えておいたということです。

けっきょく、結婚式《けっこんしき》は二月になりました。

職場の同僚《どうりょう》ということで、わたしも披露宴《ひろうえん》に招《まね》かれました。

披露宴は正午からでした。

ほら、今年の二月に、大雪がふった土曜日がありましたでしょ？　あの日が披露宴でした。

わたしは東京駅から東海道線《とうかいどうせん》に乗りかえて、横浜《よこはま》まで行ったのですが、電車は雪でだいぶ遅《おく》れていました。

もちろん、そんなこともあろうかと、たとえ電車が二時間遅れても、遅刻《ちこく》しないように、わたしは早めにうちを出ていました。ですから、時間の心配はいたしませんでした。

電車はすいていて、わたしがすわっても、まだだいぶ席があいていました。

車内アナウンスでは、遅延《ちえん》は三十分ほどだということでした。

電車が発車するとすぐ、となりの車両から、女性《じょせい》がひとり、わたしが乗っている車両にうつってきました。

それがなんというか、きみょうな服装《ふくそう》だったのです。

ほら、花嫁《はなよめ》さんが着る白無垢《しろむく》の着物がありますよね。あんな感じなのです。もちろん、頭に角隠《つのかく》しなどはかぶっていませんでしたが、黒髪《くろかみ》が肩《かた》の下までとどいていました。

年齢《ねんれい》は二十代後半というところで、きれいな顔だちでした。目はそんな大きくはありませんでしたが、美しい切《き》れ長《なが》で、くちびるが赤くて、なんだか日本人形《にんぎょう》のようでした。

その人は、わたしのななめむかい側にすわりました。

冬は着物のほうが温《あたた》かいのですが、その人は打《う》ち掛《か》けとか羽織《はおり》とか、コートとかは着ていませんでした。えりまきすら、していません。

品川《しながわ》でも川崎《かわさき》でも、その人はおりませんでした。

電車が横浜《よこはま》につくと、その人はわたしよりも早く電車からおりて、ホームの階《かい》段《だん》をおりていきました。

横浜の駅構内《えきこうない》は人がごったがえしていました。

構内アナウンスでは、雪で私鉄《してつ》のひとつがストップしていて、混雑《こんざつ》はそのためのようでした。

そんなふうでしたから、わたしはすぐにその着物の女性《じょせい》を見失《みうしな》いました。

駅を出て、案内状《あんないじょう》の地図を見ながら、結婚《けっこん》式場に行くバスの乗り場のほうに歩いていくと、そちらのほうから、同じ学校の教頭《きょうとう》先生が歩いてこられました。教頭先生も、披露宴《ひろうえん》に呼《よ》ばれていたのです。

教頭先生はわたしを見つけて、近づいてらっしゃると、

「だめだ、だめだ。会場に行くバスは、雪でこられないそうだ。タクシーで行くしかない。」

といいました。

バスの乗り場まで行って、そこに待機《たいき》していた結婚《けっこん》式場の従業員《じゅうぎょういん》から話をきき、教頭先生はタクシー乗り場にむかうとちゅうだったのです。

運《うん》よくわたしは教頭先生とタクシーに乗っていけることになったのですが、私《し》鉄《てつ》が止まり、JRも遅《おく》れているくらいですから、タクシー乗り場は長い行列です。乗るまでに、三十分くらい待ちました。

雪はまだふっていました。ふっているどころか、だんだんひどい降《ふ》りになってきていました。

寒いタクシー乗り場で待たされているとき、ふだんからずけずけとものをいう教頭先生は腹《はら》をたてて、

「だいたい、なんだって、こんな日に結婚式をしなきゃならないんだ。」

と文句をおっしゃいました。

「なんだってって、そりゃあ、安いからです。」

ともいえず、わたしは、

「こんなに雪がふるとは、思わなかったのではないでしょうか。」

と、あたりさわりのない返事をしました。

「そうかもしれないが、冬の結婚式《けっこんしき》など、はじめてだ。教員だと、夏休みに式を挙《あ》げる者もあるが、冬など、きいたことがない。」

教頭先生はタクシーに乗っても、そんなことをおっしゃっていました。

もちろん、雪で道路も混《こ》んでいました。

タクシーが坂道をのぼりはじめ、しばらくいくと、だれも歩いていない歩道に、ちらりと白いものが見えました。

いいえ、雪ではありません。人です。

白い着物を着ています。

わたしは運転席のうしろにすわっていましたから、フロントガラスごしに、前がよく見えました。

それは、電車の中にいて、横浜《よこはま》でおりた白い着物の女性《じょせい》だったのです。

雪の坂道ですから、タクシーもそんなにスピードを出していませんでした。

その女性を追いこすとき、わたしはしっかりとその顔を見ました。

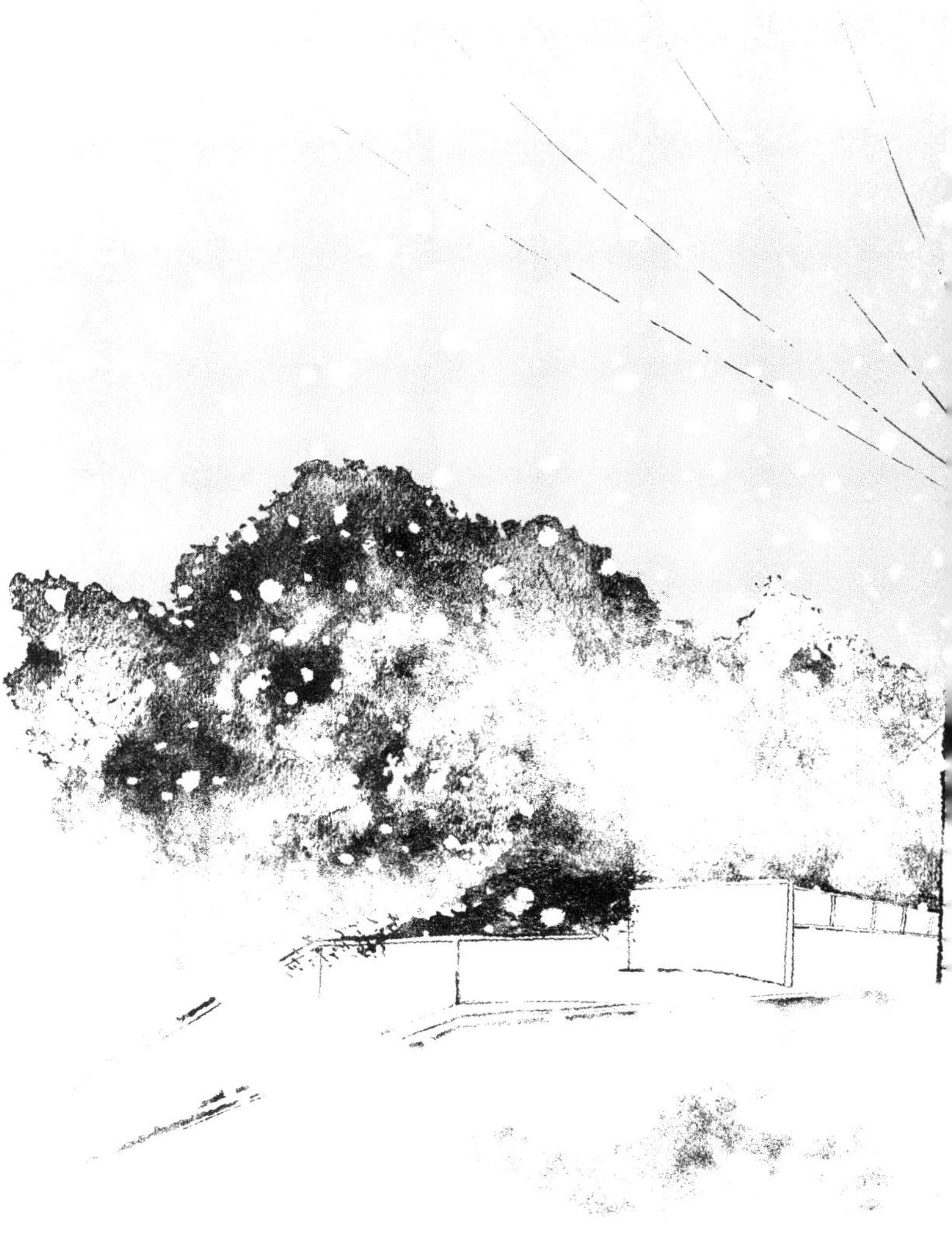

切《き》れ長《なが》の目といい、黒い髪《かみ》といい、その人にまちがいありませんでした。しっかりと前を見すえ、傘《かさ》もささずに、雪の坂をのぼっていく姿《すがた》を見て、わたしは背筋《せすじ》がぞっとしました。

いいえ、寒さのせいではありません。タクシーの中は、ききすぎるほど、暖房《だんぼう》がきいていましたから。

披露宴《ひろうえん》の定刻《ていこく》より早く、タクシーは結婚《けっこん》式場に到着《とうちゃく》しました。

タクシー料金は教頭先生がはらってくださいました。

ついてみると、玄関《げんかん》ホールには、何人もの招待客《しょうたいきゃく》がいました。そのなかには、わたしの知った顔もいて、そのうちのひとり、日ごろわたしと仲《なか》よくしてくださっている同じ学校の先輩女性教師《せんぱいじょせいきょうし》がわたしに近づいてきて、耳うちしました。

「披露宴、一時間、遅《おく》れるんですって。まだ、いらしてないお客さんがいるみたいで。」

そのかたは、ふだんおだやかなかたなのですが、その言葉には、どこかとげのようなものがありました。

「そういうことなら、しかたないかもしれませんね。」

わたしはそういいましたが、正直《しょうじき》にいうと、交通機関《きかん》の遅《おく》れを見こんで、こっちは二時間早く、うちを出ているんだ。さっさとはじめないと、雪がはげしくなったら、帰れなくなるじゃないか、という気持ちでした。

けっきょく、そのあと何人かのお客がきて、披露宴《ひろうえん》がはじまりました。ところが、いくつもある丸いテーブルは、席が半分くらいしかうまっていないのです。

一時間遅れにしても、まにあわないお客や、出席をとりやめた人がそれだけいたようです。

わたしの学校からも、五人呼《よ》ばれているはずなのですが、まず、校長先生がこられず、六人用のわたしたちのテーブルについていたのは、先輩女性教師《せんぱいじょせいきょうし》と教頭先生だけでした。

教頭先生も先輩女性教師もどこかふきげんでした。

来賓《らいひん》あいさつのとき、新婦《しんぷ》の学校の校長先生が、

「本日はお日柄《ひがら》もよく……。」

といい、招待客《しょうたいきゃく》たちの失笑《しっしょう》をかっていました。

失言《しつげん》なのか、わざとおっしゃったのか、どちらだったのかはわかりません。

新郎新婦《しんろうしんぷ》のお色直《いろなお》しということで、いったんふたりが中座《ちゅうざ》しました。

そのとき、一番前のテーブルに、白い着物姿《きものすがた》の女性《じょせい》がいることに、わたしは気づきました。その席は、ついさっきまで、空席《くうせき》だったはずです。

披露宴《ひろうえん》の招待客《しょうたいきゃく》だとしたら、白い着物を着てくるなんて、ずいぶん非常識《ひじょうしき》だと思いました。ごぞんじでしょうが、白い着物やドレスは、花嫁《はなよめ》さんだけに許《ゆる》されているのです。

ところが、よく見ると、それは、電車の中にいた女の人だったのです。雪の坂道で、タクシーが追いこした女性です。

やがて、新郎新婦がもどってきました。

ふたりは、新郎新婦席の近くの丸いテーブルにいる白い着物の女性には目もくれず、手に手をとって、自分たちの席につきました。

紋付袴《もんつきはかま》と白無垢《しろむく》に赤い打《う》ち掛《か》けだった新郎新婦《しんろうしんぷ》が白いタキシードと白いウェディングドレスでもどってきたのを見て、新郎の友だちだという司会の男性《だんせい》が、

「花嫁《はなよめ》さん、まるで雪の女王のようにお美しい！」

といいました。

それでまた、招待客《しょうたいきゃく》のあいだで失笑《しっしょう》がもれました。

「なるほど、雪の女王ね。それで、寒くなってきたのか。」

そのとき、教頭先生がそうおっしゃったのですが、たしかに、会場の温度がさがってきているようでした。

ウェイターがビールを注《つ》ぎにまわってきたとき、となりのテーブルの男性が、

「きみ。ビールよりも、カイロを持ってきてくれんかね。」

といいましたが、それは冗談《じょうだん》にはきこえませんでした。

ところがすこしして、新婦の友人という女性が立って、お祝《いわ》いの言葉をのべはじめたとき、白い着物の女性がすっと立ちあがったのです。そして、ゆっくりとした動作で、新婦のうしろにまわりこみました。

でも、だれもそれに気づかないようなのです。

わたしは同じ席の先輩女性教師《せんぱいじょせいきょうし》に、

「あのかた、どなたでしょう？」

ときいたのですが、先輩女性教師は、

「花嫁《はなよめ》さんのお友だちって、そういってなかった？」

とおっしゃいました。

お祝《いわ》いをいっている人のことだと思ったのでしょう。

その先輩教師は近視《きんし》で、ふだん、コンタクトレンズをされています。ひょっとして、今ははずしているのかな、と、わたしはそう思いました。

そのときになっても、まだ、その白い着物の女性がわたしにしか見えていないとは、わたし自身思っていませんでした。

でも、新婦《しんぷ》の友人のお祝いの言葉がすすむうちに、新婦のうしろに立っていた着物の女性が前かがみになったのです。

女性の顔が新婦の後頭部にぐっと近づきました。

すると、ほとんど上下にかさなるようになったふたりの顔のあたりから、白い霧状《きりじょう》のものが立ちのぼりました。

そのために、ほんの数秒《すうびょう》でしたが、ふたりの顔が見えなくなりました。

それなのに、招待客《しょうたいきゃく》はだれも、声すらあげません。

教頭先生などは、

「まったく、話の長い人だなあ。うちの校長だって、あいさつはあれより短いぞ。」

などとおっしゃっていました。

けれども、白い霧のようなものがすうっと消えたとき、前のほうの席から、

「あっ！」

と声があがりました。

新婦《しんぷ》がテーブルに顔をつっぷしたのです。

「どうしたの？」

新郎《しんろう》が新婦の肩《かた》に手をやりました。

お祝いをいっていた女性《じょせい》が話をやめました。

前のほうにいたお客が何人も立ちあがり、そのせいで、新郎新婦《しんろうしんぷ》の席が見えなくなりました。

だれかが大声でさけびました。

「救急車《きゅうきゅうしゃ》だ！　救急車を呼《よ》んでください！」

ウェイターが走って、ホールから出ていきました。

教頭先生と先輩女性教師《せんぱいじょせいきょうし》が立ちあがりました。

ふたりのはく息が白くなっていました。

わたしも立ちあがろうとして、ひざにかけてあったナプキンをテーブルにおいたとき、白い着物の女性がわたしの横を通りすぎようとしました。

わたしは立ちあがりかけたかっこうのまま、腰《こし》をうかせて、その女性の顔を見あげました。

女性のほうでも、わたしを見おろしました。

でも、女性は立ちどまったりはせず、ウェイターが出ていったまま、開けっぱ

なしになっているドアから出ていってしまいました。

そのとき、ウェイターのはく息は真っ白でした。

そのあと、新婦《しんぷ》が新郎《しんろう》に抱《だ》きかかえられて、外に出ていきました。

見ている人はみな白い息をしていました。

タバコなどすっている人はひとりもいないのに、みなでタバコをすっているかのように見えました。

ひとまず、新婦は控室《ひかえしつ》にはこばれたようでした。

しばらくすると、寒さがおさまり、白い息をはいている人はいなくなりました。

やがて、救急車《きゅうきゅうしゃ》が到着《とうちゃく》し、新婦はウェディングドレスのまま、病院にはこばれていきました。もちろん、新郎《しんろう》も救急車に乗っていきました。

そういうとき、会場は大さわぎになるとお思いかもしれませんが、そんなことはなく、みな、急病でたおれた新婦を心配しているようなことをいっていましたが、そのうち、三々五々《さんさんごご》、結婚《けっこん》式場が呼《よ》んだタクシーで帰っていきました。

予定されていた二次会は、もちろん中止になりました。

帰りもまた、わたしは教頭先生のタクシーに同乗《どうじょう》させてもらいました。

先輩女性教師《せんぱいじょせいきょうし》も同じタクシーに乗りました。

「じゃあ、わたしはこれで失礼《しつれい》するよ。」

といって、教頭先生は横浜駅《よこはまえき》の改札口《かいさつぐち》の人ごみに姿《すがた》を消しました。

わたしは先輩女性教師にさそわれ、デパートの中のティールームで、お茶とケーキをごちそうになりました。

とつぜん終わった披露宴《ひろうえん》のあと、デザートが出ましたが、そんなものを食べているお客はひとりもいませんでした。

デパートのティールームで、わたしは先輩女性教師に、白い着物姿の女性のことは話しませんでした。

ひょっとして、先輩女性教師もその女性を見たのではないかと思いましたが、先輩女性教師は自分のほうから、それらしいことはなにもおっしゃいませんでした。ですから、もし、そのかたがなにかをごらんになったとしても、わたしからそれに触《ふ》れないほうがいいと思ったのです。

一時間くらいして、ティールームを出たところで、わたしたちはわかれました。先輩女性教師《せんぱいじょせいきょうし》は、買い物をして帰るとおっしゃっていました。

月曜日、学校に行くと、新郎《しんろう》の教師は登校してきませんでした。新婚《しんこん》旅行は春休みのはずで、月曜から仕事をするといっていましたが、新婦《しんぷ》があんなふうでしたから、まだ入院していて、それにつきそっているのだろうと、わたしは思いました。

先輩女性教師が披露宴《ひろうえん》での出来事をみなに話し、ときどき、

「ねえ、そうだったよね。」

とわたしに同意をもとめてきました。

「ええ、そうでした。」

とわたしは答えただけで、もちろん、白い着物の女性のことはだまっておりました。

　数日して新郎は登校してきました。

「お嫁《よめ》さん、だいじょうぶなの？」

わたしがたずねると、

「まだ入院中で、意識《いしき》がもどらないんだ。」

といい、それ以上は話したくなさそうだったので、わたしもなにもききませんでした。

三月いっぱいで、新郎《しんろう》は学校をやめました。それきり、その人にはお目にかかっておりません。


そういって話をやめたので、先生の話はそれで終わりなのだろう。

わたしはそう思い、

「新郎新婦《しんろうしんぷ》のその後については、たとえば、教頭先生とかから、ニュースみたいなものは入ってきていないのですか?」

ときいてみた。

「はい。教頭先生はなにもおっしゃらなかったし、それに、校長になって、よその小学校に転出されましたから、それ以降《いこう》は、お話をすることもなくて。」

先生はそういってから、天井《てんじょう》からさがっている〈児童読書相談《じどうどくしょそうだん》コーナー〉の看板《かんばん》を見あげた。

それから、わたしの顔に視線《しせん》をもどし、

「今、ふとまた、不思議に思ったことがあるのです。」

といって、かすかな笑《え》みを口もとにうかべた。

わたしが、

「なんです?」

というと、先生はほんのすこし首をかしげた。

「いいえ。わたし、この話、だれにもしていなかったのです。それが、どうしてここで、あなたに話したのでしょう。」

「どうしてっていわれても……。」

「そうですよね。そんなの、わかりませんよね。わたしにも、わからないんだから。でも、よかった。ここでお話しして、ようやく、いっしょにいった先輩《せんぱい》の先生に、わたしが見たものを見たかどうか、きいてみる勇気が出ました。じつは、その先生も見たのかどうか、つまり、見たのはわたしだけだったのかどうか、すごく気になっているんです、今も。」

「それで、もし、そのかたも見ていらしたら、どうなさるんです。」

「べつに、どうもしません。不思議なことがありますね、で、終わりですよね。」

「それじゃあ、そのかたが見ていなかったら？」

「それでも、たいしてかわりはありません。わたしにだけ見えたとしたら、不思議なこともあるもんですね、で、終わりです。」

それをきいて、わたしはおもわず笑ってしまった。

先生も笑って、

「ああ、すっきりした。また、遊びにきてもいいですか。」

といって、立ちあがった。

「いつでもどうぞ。でも、火曜日は休館日で、水曜日は、わたしはお休みです。」

わたしがそういうと、

「じゃあ、木《もく》から月《げつ》までね。」

といって、先生はそこにあった本を手にとり、貸《か》し出《だ》しカウンターのほうに歩いていった。

エピローグ

わたしは月に一度、病院に検査《けんさ》に行っている。そのたびに、いろいろな数値《すうち》がすこしずつよくなってきていたのだが、八月に入ってすぐの検査では、いくらか悪化していた。それでも担当《たんとう》の先生が、

「六月の数値にもどっている程度《ていど》ですから、心配はいりません。どうしても、夏はねえ。まあ、あまり無理をしないように。」

といってくれたので、すこし安心した。

自分では無理をしているつもりはなかったが、早めに読書感想文の宿題をかたづけてしまおうという、几帳面《きちょうめん》な小学生もかなりいて、そのために児童読書相談《じどうどくしょそうだん》コーナーにくる子がふえ、身体《からだ》に負担《ふたん》がかかったのかもしれない。

仕事には、ずいぶんなれてきて、

「ここで五年やってます。」

といっても、疑《うたが》われない自信があるくらいだ。

そりゃあそうだろう。一日に一冊《さつ》、児童書を読むだけでも、週に五冊、月だと二十冊以上になる。じっさいには、一日に二冊以上読む日のほうが多かったから、平均的《へいきんてき》な小学校の先生より、読んでいる本の数は多いはずだ。

それはともかく、読書相談《どくしょそうだん》をしていて、奇妙《きみょう》なことがときどきおこった。

たとえば、初めてきた小学生が、

「ねえ、ねえ。人魂《ひとだま》、見たことある？」

なんて、藪《やぶ》から棒《ぼう》にきいてきたりするのだ。

「ないけど、どうして？」

というと、そのときは、

「べつに、どうしてってこともないけどさ。きゅうにきいてみたくなっちゃって。」

という返事がかえってきた。

本の説明を終えたとき、その本が怪談《かいだん》でもなく、ファンタジーですらないのに、

「おばけって、ほんとにいるのかなあ。」

といわれたこともある。

わたしの顔を見ると、そういうことをききたくなるのだろうか。

ひょっとして、わたしの顔色が悪いせいかもしれないと思い、トイレに行って、鏡《かがみ》を見ても、べつにふだんとかわらないし、ほかの図書館員より、顔が青ざめていると いうこともないと思うのだ。

病気のこともそうだが、そのことも、あまり気にしないようにしている。

斉藤洋
（さいとう ひろし）

東京都生まれ。中央大学大学院文学研究科修了。『ルドルフとイッパイアッテナ』で講談社児童文学新人賞、『ルドルフともだちひとりだち』で野間児童文芸新人賞、『ルドルフとスノーホワイト』で野間児童文芸賞を受賞。1991年、路傍の石幼少年文学賞を受賞。作品に『ひとりでいらっしゃい』『うらからいらっしゃい』『まよわずいらっしゃい』「ミス・カナのゴーストログ」シリーズ、「白狐魔記」シリーズなど多数。

森泉岳土
（もりいずみ たけひと）

東京都生まれ。水で描き、そこに墨を落とし、細かいところは爪楊枝、割り箸などを使い漫画を描く。作品に『夜のほどろ』『祈りと署名』『夜よる傍に』『耳は忘れない』『カフカの「城」他三篇』『ハルはめぐりて』。

ビブリオ・ファンタジア

アリスのうさぎ

2016年8月　1刷
2019年12月　3刷

作＝斉藤洋
絵＝森泉岳土

発行者＝今村正樹
発行所＝株式会社 偕成社　http://www.kaiseisha.co.jp/
〒162-8450 東京都新宿区市谷砂土原町 3-5
TEL 03 (3260) 3221（販売）　03 (3260) 3229（編集）

印刷所＝中央精版印刷株式会社　小宮山印刷株式会社
製本所＝中央精版印刷株式会社

NDC913 166P. 20cm ISBN 978-4-03-727210-4

斉藤洋の＜七つの怪談《かいだん》＞

絵：奥江幸子

怪談が好きな小学生の隆司は、たまたま訪ねた兄の大学で、
ぐうぜん＜怪談クラブ＞に参加することになる。
七人の参加者がそれぞれ語る七つの怪談。

『ひとりでいらっしゃい』

「子ども」にまつわる怪談

『うらからいらっしゃい』

「人形」にまつわる怪談

『まよわずいらっしゃい』

「乗り物」にまつわる怪談